七魔劍支配天下

3

Seven Swords Dominate

宇野朴人
Bokuto Uno

illustration
ミユキルリア

Kadokawa Fantastic Novels

Character 登場人物

一年級生

奧利佛・霍恩

本作主角。優秀但缺乏突出才能的少年。立誓要向殺害母親的七名教師報仇。

奈奈緒・響谷

來自東方島國的武士少女。認定奧利佛是自己命中注定的劍道對手。

卡蒂・奧托

聯盟的湖水國出身的少女。十分關心亞人種的人權問題。

凱・格林伍德

從魔法農家出身的少年。個性直率又平易近人，擅長種植魔法植物。

皮特・雷斯頓

非魔法家庭出身的勤學少年。擁有性別反轉的特殊體質。目前被魔獸抓走，行蹤不明。

米雪拉・麥法蘭

出身於名門麥法蘭家的長女。文武雙全，很會照顧同伴。

圖利奧・羅西

態度輕浮的少年。使用脫離常理的獨特劍術。決鬥時曾輸給奧利佛。

理查・安德魯斯

名門安德魯斯家的嫡子。與奧利佛和奈奈緒的相遇，為他的人生帶來新的轉機。

史黛西・康沃利斯

出身麥法蘭分家的少女。實際上是米雪拉的親妹妹。

費伊・威爾諾克

史黛西小時候收留的半狼人少年。史黛西的隨從。

約瑟夫・歐布萊特

出身尚武的歐布萊特家，性格高傲的少年。決鬥時曾輸給奧利佛。

3
宇野朴人
illustration ミユキルリア
七魔劍支配天下
Kadokawa Fantastic Novels

薇菈・密里根
Vera Milligan
「——以你們的情況來說，
只差在是一起自殺
還是殉情吧。」
卡蒂・奧托
Katie Aalto

「卡蒂……妳該不會……」
米雪拉・麥法蘭
Michela McFarlane
「密里根學姊？妳怎麼會在這裡……！」
奧利佛・霍恩
Oliver Horn

「……妳已經連內心
都被迷宮的黑暗汙染了嗎？」
奧菲莉亞・薩爾瓦多利
Ophelia Salvadori

「我跟妳已經無話可說
——就在這裡做個了斷吧。
拔出妳的杖劍，薩爾瓦多利！」
艾爾文・戈弗雷
Alvin Godfrey

奈奈緒・響谷
Nanao Hibiya

「——您的首級，在下收下了。」

CONTENTS

Seven Swords Dominate

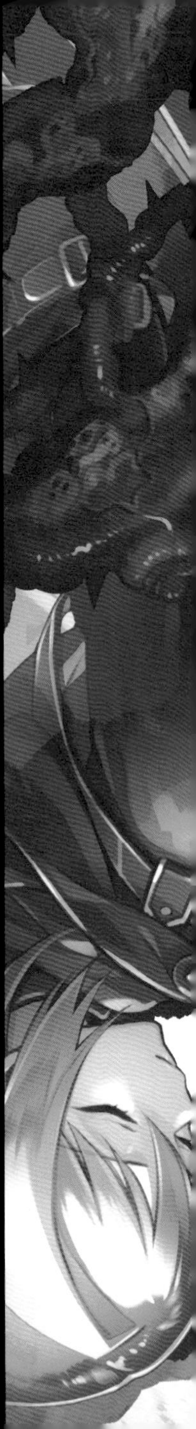

四年級生

人權派的魔女。曾因為卡蒂的事情與奧利佛等人戰鬥過，之後就開始關注他們。

薇菈・密里根

用自己的子宮孕育合成獸的魔女。她將魔法鑽研到極致之後「墜入魔道」。

奧菲莉亞・薩爾瓦多利

五年級生

學生主席。攻擊威力異常強大的魔法師，被其他學生稱作「煉獄」。

艾爾文・戈弗雷

外表中性，歌聲優美的青年。奧菲莉亞的兒時玩伴。

卡洛斯・惠特羅

格溫・舍伍德

沉默寡言的青年。奧利佛的大哥。他以「臣子」的身分協助他暗中行動。

西拉・利弗莫爾

使用死靈魔法，將死者的骸骨當成使魔操縱。與奧菲莉亞並列為校內的危險人物。

夏儂・舍伍德

給人柔和印象的女性。奧利佛的大姊。她以「臣子」的身分協助他暗中行動。

六年級生

凱文・沃克

迷宮美食社的社長。因為曾在迷宮內失蹤半年後平安歸來，被稱作「生還者」。

教師

金伯利校長。君臨魔法界頂點的孤傲魔女。

艾絲梅拉達

魔法生物學教師。個性狂傲不羈，是學生們恐懼的對象。

凡妮莎・奧迪斯

鍊金術教師。目前行蹤不明，實際上已被奧利佛殺害。

達瑞斯・格倫維爾

- 法蘭西絲・吉克里斯特
- 恩里科・佛傑里
- 路德・嘉蘭德
- 達斯汀・海吉斯
- 西奧多・麥法蘭

其他

- 泰蕾莎・卡斯騰
- 馬可

只要是晴朗的日子，少女在被傳喚前都會待在中庭。

她並不享受這段時光。庭院裡的花壇一年四季都是那樣，少女也沒有賞花的興趣。不如說她討厭花。因為無論是吸引人的美麗外觀，還是引誘昆蟲的香味，都和她與生俱來的特質十分相似。

「…………」

少女用鞋底踐踏花瓣……這麼做能讓她心裡稍微舒暢一些。

發洩完後，她仰望天空做了個深呼吸——平常被爬滿苔蘚的牆壁遮住的陽光，只有在接近中午時能直接照進這裡。對少女來說，像這樣曬太陽就是最好的休息，所以她想好好把握機會。不然等肚子變大後，就沒辦法來庭院散步了。

少女家裡有太多陰暗的場所，以及在黑暗中蠢蠢欲動的東西……她一直很怕自己會在不知不覺間融入其中。

「——午安，今天天氣真好。」

就在少女沉浸於這片刻的安寧時，背後突然有人向她搭話。她對這道沉穩的中性聲音沒有印象。少女疑惑地轉頭，發現有個陌生的苗條少年站在那裡。

「……你是誰？」

「想從今天開始跟妳做朋友的人。」

對方說完後，輕快地走進花壇，用自然的腳步避開了所有花朵。

少女抬頭端詳眼前的少年，輕輕嘆了口氣。

「『下次要換替你生孩子嗎』？」

少女這麼問只是在確認，並沒有期待對方反駁。男人在這棟宅第內，不太可能有其他用途。但出乎少女的意料，少年不僅沒有點頭，反而露出苦笑。

「不，我不具備那樣的能力。」

「……？什麼意思？」

少女無法理解這句話的意思，看向對方的表情也變得更加困惑。少年像是在安撫她般，微笑地聳了聳肩。

「這都無關緊要──比起這個，心情欠佳的公主大人，妳不想找人聊天嗎？」

少年在說話的同時，看向腳邊那些剛才被少女踐踏的花朵。儘管有種做壞事被人發現的感覺，少女仍不悅地別過臉。

「沒辦法，你是男人吧？男人只要和我說話就會變奇怪。」

「我不會喔。」

少年如此回答後，將臉湊向對方。少女大吃一驚，根據她過去的經驗，沒有男人在這麼靠近自己後還能維持理性。

「……唔……！」

她確信自己將被推倒，身體也反射性地僵住——但不管等多久，那樣的事情都沒有發生。少年若無其事地和剛才一樣站在那裡，讓她覺得不可思議。

「妳看，我說的沒錯吧？」

「…………」

少女驚訝地睜大眼睛，少年用手掌包住她的右手，輕輕笑道：

「這樣我們就是朋友了——我可以叫妳莉亞嗎？」

「……嗯……」

少女睜開眼睛起身，茫然地環視周圍。手邊有杯已經冷掉的茶，剛才趴的桌上雜亂地擺著調合用的觸媒，另外還有許多小型合成獸在比平常凌亂的工房內處理雜務。

少女是在剛升上二年級不久時獲得這個根據地，之後就持續用了三年。她從未招待任何客人來這裡，頂多只會將被自己誘惑的獵物帶回來。自從遠離地表的校舍以後，奧菲莉亞就一直在這裡生活。

「……真是可笑。事到如今，居然還會夢到那個人……」

奧菲莉亞露出自嘲的笑容。她本來想從椅子上站起來，但馬上又跌坐回去。

「……呼、呼……！」

她現在只要稍微鬆懈，就會失去理性。奧菲莉亞拚命壓抑從腹部底下往上竄的灼熱感，像是在馴服飢餓的猛獸般調整凌亂的呼吸。

「……還不行……如果現在變得無法思考，我會很困擾……」

奧菲莉亞搖搖晃晃地起身，拖著已經沒什麼感覺的身體往前走。用湯藥讓狀況稍微穩定下來後——她突然想起之前交給使魔們的任務，前往隔壁房間確認結果。

「……哎呀……？」

她輕輕喊了一聲……眼前是持續鼓動的肉柵欄，幾名低年級生無力地癱倒在那座有生命的牢籠裡。奧菲莉亞對此並不驚訝，但她在那些臉龐稚氣未消的學生中發現一個認識的眼鏡少年後，嘆了口氣。

「……所以我不是警告過你了，Ｍｒ.霍恩……這段期間少進迷宮冒險。」

現在說這些也於事無補。她默默轉身離開，沒有更進一步的感慨。

學園暌違一年再次進入戒嚴狀態，讓氣氛變得十分緊張，負責校內安全的主要人物——監督生們一起大步走在傍晚的校舍內。

「——卡洛斯，準備好潛入迷宮了嗎？」

走在最前面的學生主席，外號「煉獄」的艾爾文．戈弗雷低聲問道。跟在他後面的那群學生中，有個眼神裡閃爍著危險感情的金髮少年開口回答。

「學長，這還用說嗎？我們可是金伯利學生會，隨時都做好了深入險境的準備。」

少年在說話的同時，將手指扳得喀喀作響。周圍的同伴一看見他腰包裡塞得滿滿的魔法藥瓶，就緊張地嚥了一下口水——光是那些藥，就足以殺死成千上萬的人。

在充滿鬥志的少年旁邊，一個眼神銳利的黑皮膚女學生開口：

「這時候不行動可是有損我們的名聲。更何況這次的事件，我們也有責任。對吧，戈弗雷？」

被點名的戈弗雷表情嚴肅地點頭。而擁有中性美貌的青年——卡洛斯．惠特羅則從他身旁接著說道：

「提姆和賽緹說的沒錯。我們早就都準備萬全了——出發吧。」

在場的所有人，都早已為這一天做好準備。戈弗雷用力咬緊牙關。

「要彌補一開始的落後非常困難……事情發展得比想像中還要快。本來以為應該會是明年。」

「她是看穿我們的預測，才刻意提早計畫。她總是像這樣勉強自己。」

與目前的狀況相反，卡洛斯的聲音裡充滿了慈愛。他走到一語不發的戈弗雷身邊，輕輕對他耳語道：

「如果我失敗了……之後就拜託你了，艾爾。」

「…………」

戈弗雷沉默了許久才輕輕點頭。卡洛斯回以微笑。最後他們停在一面大鏡子前面。

「好，出發吧——這是我們的最後一場冒險。」

卡洛斯有些開心地說完後，毫不猶豫地將手伸向鏡子。等他全身都進入表面浮現波紋的鏡子後，同伴們也互相點頭跟了上去。

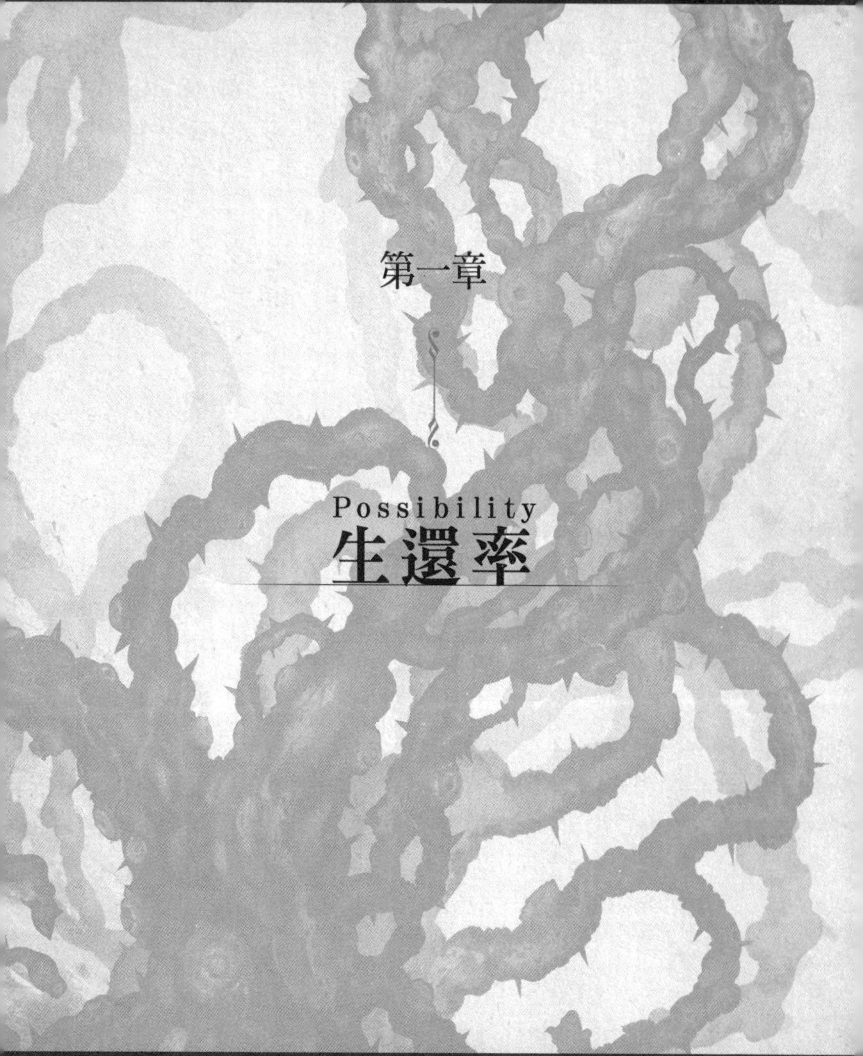

第一章

Possibility
生還率

現在是上午十一點，今天的氣溫特別低，外面還下著冰冷的雨。老教師一如往常地以堅毅的態度，在教室內替神情緊繃的一年級生上課。

「……魔法師愈是熱衷於魔法戰鬥，就愈容易迷失咒語的本質。想詠唱得更快、更簡短──這樣的想法正是危險的徵兆。」

老教師和平常一樣不厭其煩地告誡學生。這個魔女──法蘭西絲·吉克里斯特十分重視面對咒語的心態。無論有沒有效，她都非常討厭不認真的小手段。

「只要詠唱速度比別人快就能獲勝，這種事只適用於魔法戰鬥，而戰鬥只是魔法師生活的一部分。以自己的施法速度為傲的人，請立刻改掉這種想法，不然只會踏上和巴塔威爾相同的末路。」

「………」

巴塔威爾是以詠唱速度極快聞名的魔法師，但他最後還是敗給普通的劍士。奧利佛當然知道須以他的結局為借鏡。老教師的主張是正確的。然而──如今最讓奧利佛感到心煩的就是這些道理。

「優雅的發音與縝密的想像，是詠唱咒語的大原則。要是忽視這些原則去追求速度，只是毫無意義的焦急。即使是你們平日常使用的火焰咒語，只要能夠聚精會神地想像，就能產生完全不同的效果──」

魔女的課程是放眼十年後的未來，這讓奧利佛產生一股無可奈何的焦躁感，用力握緊拳頭──

自己想要力量，朋友需要幫助，這些都迫在眉睫。

「……皮特沒有回來呢……」

說這句話的凱將餐點裝進盤子後，就完全沒動。現場的氣氛靜到令人難受。不只是他們的桌子，平常總是熱鬧到讓人覺得吵的「友誼廳」，這幾天都靜得詭異。

「……以學生主席戈弗雷為首的高年級生們正全力展開救援。現在只能相信他們了。」

「話雖如此，都已經過幾天了？」

面對雪拉的開導，凱焦躁地用叉子敲響盤子，奧利佛也跟著露出悔恨的表情。

「那些學長姊到底有沒有好好找啊！被抓的人現在肚子一定很餓了！」

「……凱，這點你也一樣。你必須好好吃飯。你平常的胃口明明和奈奈緒差不多，這幾天卻幾乎都沒吃東西。」

「我的朋友可是被抓走了，這教我怎麼吃得下飯！」

凱用力搥了一下桌子。無法去救朋友，讓他感到憤怒又焦躁。儘管非常能夠理解他的心情，奧利佛仍努力用冷靜的語氣說道：

「凱，你冷靜一點……我們現在真的什麼都沒辦法做。」

即使努力控制情緒，奧利佛的語氣仍透露出悲傷。同樣對自己感到無力的凱，像是再也忍不住般大喊：

「那就讓我一起去！只要把我帶到皮特那裡，至少能夠替他做飯吧！」

「凱，別再說了。死人是沒辦法吃飯的。」

某人冷淡地如此說道。凱驚訝地看向至今一直獨自默默用餐的東方少女。

「……奈奈緒，妳這是什麼意思……？」

「就是字面上的意思。如果你和皮特成了屍體，那就只能在你們的墳前放供品了。」

「妳是說皮特已經死了嗎？」

「不知道。但若是在下的故鄉，在戰場上失蹤的人最後八成都死了。」

這句話讓凱啞口無言，卡蒂的肩膀也輕輕顫抖。看不下去的奧利佛插嘴說道：

「奈奈緒，妳太悲觀了……從那個合成獸的外觀來看，牠是被設計成能夠活捉獵物。這表示使喚合成獸的人需要讓獵物活著，所以皮特他們現在很可能還沒死……」

說到一半，奧利佛自己也開始搞不懂哪些是推測，哪些是他個人的希望。在所有人都安靜下來後，坐在桌子角落的捲髮少女輕聲問道：

「那麼……那個可怕的學姊抓走皮特後……會對他做什麼？」

這句話讓沉默的氣氛變得更加凝重。沒有人能夠回答這個問題。

雪拉淡淡吃完飯後，安靜起身。

「……差不多該去上課了。」

反駁。

「喂，等等，雪拉……！」

「繼續在這裡爭論也沒有意義。」

縱捲髮少女冷淡地直接離開。凱懊悔地低下頭。即使聽起來冷淡，這句話依然正確到讓人無法反駁。

愈是思考，答案就愈清楚。既然自己現在無能為力，就只能找「有能力的人」幫忙。

「是諾爾嗎？」

這裡是位於校舍三樓，一年級生很少造訪的談話室。奧利佛的大哥和大姊似乎早就知道他會過來，事先在這裡等候。格溫朝奧利佛使了個眼色，後者雖然感覺到其他高年級生的視線，但還是直接入座。

「大哥，我就直接問了……你可以幫忙救出皮特嗎？」

奧利佛之前就已經跟他們說明過狀況，所以開門見山地提出請求。這句話讓夏儂的表情瞬間暗了下來。格溫替奧利佛倒了一杯茶，然後以冷靜的語氣回答：

「如果是要我們參加搜救，我和夏儂從三天前開始，就應戈弗雷的請求展開行動了……但坦白講，情況並不順利。薩爾瓦多利的根據地在第三層。如果她有心躲藏，想找出她並非易事。」

面對這個預料之內的回答，奧利佛只能沉默不語——不用自己拜託，會協助學生主席的高年級生早就開始搜救被抓走的低年級生了。即使如此，目前還是沒什麼收穫。從這個事實，也能看出要對付潛藏在迷宮深處的魔女有多麼困難。

（不能為了這件事動用「同志們」……你應該知道為什麼吧？）

格溫改以臣子的身分，用只有少年聽得見的聲音如此補充。奧利佛以沉默表示肯定……無論是他們之間的關係，或是他們的企圖，現在都還不能曝光。

「諾爾，不要勉強自己……我也會，努力去找。」

夏儂輕輕伸出手，包住奧利佛握緊的拳頭。少年低著頭，注視映照在紅茶表面的自己。那張臉就像回溯了十年一樣，看起來既稚嫩又無力。

當然，不是只有奧利佛在設法救出皮特。就在同一天，魔法劍的課程結束後，大教室內響起少女的聲音。

「——拜託你！請你去救皮特！」

卡蒂激動地哀求。相較之下，站在她前面的魔法劍師傅——嘉蘭德臉上不帶任何表情，平常隨和的態度也消失無蹤，就像是戴上了一層面具。

「抱歉，我辦不到。這是這間學校的規矩，Ｍｓ．奧托……老師只有在狀況超出學生能力範圍時才能介入，Ｍｒ．雷斯頓的情形還不到那個階段。」

「現在還不到嗎……？明明就連他遭遇了什麼事都不清楚？那到底要演變成什麼樣的狀況才能去救他？」

卡蒂激動地繼續逼問。嘉蘭德隔了幾秒後，才以僵硬的語氣回答。

「根據規定，要等學生在迷宮失蹤超過八天後，教職員才能開始搜救。」

「八——八天？」

這個比想像中還要不妙的具體數字，讓少女驚訝地睜大眼睛。魔法劍教師沒有逃避少女的視線，繼續說道：

「『因為這時候生還率才會大幅下降』……雖然這樣講有點殘忍，但不能讓你們產生『危險時會有老師來救自己』的想法。在金伯利的現行制度下，那樣只會造成更多的犧牲者。你們必須為自己的生死負責——校長在入學時也說過，這裡就是這樣的地方。」

這就是結論。卡蒂在被徹底拒絕後，顫抖著肩膀低下頭。

「……我明白了。」

少女結束對話，轉身離開。向老師求救的心情已經煙消雲散，她的眼神裡只剩下覺悟。

「換句話說——學生自己行動就行了吧。」

平常總是六人一起吃晚餐的地方，今天只有奈奈緒一個人。奧利佛憂鬱地坐到她旁邊，開始義務性地用餐。

「——喲，奧利佛，情況變得很不妙哩。」

過不久，後面傳來一道聲音。奧利佛稍微舉手回應，但沒有轉頭。從這明顯的口音一下就能猜出是誰。爽朗地走向這裡的同學——前陣子才在迷宮內交手過的圖利奧・羅西，站到奧利佛旁邊。

「我想你應該也知道，最強決定戰中止了。戒嚴狀態讓校內的氣氛變得非常緊張，不是讓一年級生做這種事的時候。真令人困擾……聽說歐布萊特、威爾諾克和皮特都被抓走了？」

奧利佛提不起勁說話，只能輕輕點頭。羅西看著他的側臉，不悅地說道：

「你的表情看起來可真凝重……話先說在前頭，你可別動什麼奇怪的念頭喔？像是自己去救皮特之類的。」

奧利佛沉默以對。他不可能沒想過這種事。羅西看穿了他的想法，繼續說道：

「這跟一年級生之間的戰鬥不同。對手可是『那個』薩爾瓦多利。就連那些高年級生都是冒著生命危險潛入迷宮搜救喔？你們去了又能做什麼。唉，雖然我也沒資格說別人。」

「……唔。」

「而且你和皮特也沒認識多久吧。裝朋友也要適可而止。這裡本來就是隨時都可能有人死的地方。如果不早點習慣捨棄別人，之後可是會很辛苦喔。」

對在金伯利生活的人而言，這段話可說是再正確不過。看見奧利佛悔恨地低著頭，羅西嘆了口氣準備離開。

「唉，我知道自己是在多管閒事，不過——如果你一下就死掉，我也會覺得很無趣。」

說完這句話後，羅西就混進了餐廳內的其他學生當中。奧利佛難堪地用力抓緊桌巾——居然連那個必須提防的同學都跑來關心，難道自己現在看起來真的被逼得那麼緊嗎？

「……奧利佛。方便打擾一下嗎？」

奧利佛與奈奈緒道別後獨自離開餐廳，然後在走廊上聽見有人呼喚自己。他一轉頭，就發現雪拉表情僵硬地站在那裡。

「嗯，沒關係……」

「跟我來。」

奧利佛按照雪拉的指示，和她一起往沒人的地方走。最後縱捲髮少女在走廊角落停下腳步，開口說道：

「我要先告訴你一個壞消息……老師不會幫忙。至少要等到五天後才有可能。」

「……妳跟麥法蘭老師談過了嗎？」

「嗯。說來慚愧，我利用了自己身為女兒的立場。」

雪拉停頓了一下後，才顫抖著肩膀說道：

「父親是這麼說的——『如果沒有足夠的力量保護，那妳在這裡交到朋友的瞬間，就等於失去了一個朋友』。」

「…………」

奧利佛完全不曉得該如何反駁，雪拉被父親這麼說時一定也一樣。少年陷入沉默，雪拉重新抬起頭。

「我想告訴你一件事。我——今晚要潛入迷宮。」

「——？」

奧利佛瞬間懷疑起自己的耳朵，不過——看見對方眼神裡的覺悟後，他明白自己沒有聽錯。

「雪拉，妳瘋了嗎——這根本是自殺行為。」

「沒錯。所以我當然會找高年級生幫忙。校內有許多和麥法蘭有交情的學生，應該能找到人偷偷帶我潛入迷宮。」

雪拉表示自己並不是什麼都沒想就打算深入險境。奧利佛也明白，除了西奧多這個親生父親以外，雪拉在校內還有許多人脈，不過即使如此——他還是搖頭反對。

「既然這樣，就更應該交給高年級生處理。妳之前也是這麼說的吧。」

「……皮特被抓時，是我阻止你回去救他。既然如此，我當然要為這個狀況負責。」

「別說蠢話了！不如說當時是我害妳——」

奧利佛大聲想要反駁，但縱捲髮少女用食指輕輕按住他的嘴巴。

「聽我說。那時候——我在心裡『計算』過了。」

「……計算什麼？」

「回去救人後全滅的可能性，以及放棄救人時大家存活的機率……我當時找不出能夠有效對付那種合成獸的方法，只能勉強看出那種魔獸是設計來活捉獵物。換句話說，我推測被抓的人不會馬上有生命危險。」

雪拉開始訴說自己當時的冷靜想法。即使因為朋友陷入險境感到焦急，她的內心仍有一部分保持冰冷。所有成熟的魔法師都具備這種冷酷但合理的思考方式。

「將被抓的人數壓抑在最低限度，先逃離迷宮，然後再盡快向高年級生求助──我當時認為這是最好的方法。所以我不能讓你回去救人。因為奈奈緒一定會跟著你去，其他人也不可能丟下你們不管。」

奧利佛無法反駁。自己當時也是因為相同的理由打消回去的念頭。

「我也曾想過……大家同心協力，或許會有機會成功，但最後還是覺得全滅的風險更高。畢竟魔獸不只一隻。如果在救皮特他們的期間被其他敵人追上，或是被魔獸繞到後方封住退路，我們就束手無策了……在我腦中，這是最有可能發生的結果。」

少女淡淡說完無從反駁的理由後，深深低下頭。她的肩膀微微顫抖。

「到頭來──我還是『將朋友的性命放上天平衡量』。」

雪拉的聲音裡摻雜著沉重的自責與後悔，讓奧利佛倒抽了一口氣……儘管自從皮特被抓後，她表面上一直表現得很冷靜──但其實她才是最苦惱的人。

「請讓我負起責任……不然我以後就再也沒有臉面對皮特了。」

雪拉表示只有這麼做自己才能釋懷。奧利佛不可能對這樣的她坐視不管，他尚未整理好自己的想法，就任憑一股衝動開口：

「……那我也一起……」

「不行。如果你不留下來阻止，其他三人一定也會立刻潛入迷宮。」

少女搖頭打斷少年。雪拉的意思非常明顯——她不想讓其他人跟著一起涉險。

「……啊——」

奧利佛領悟到光靠言語無法說服雪拉，於是強硬握住她的雙手。面對困惑的雪拉，奧利佛加重力道展現絕不讓她離開的決心——他近距離凝視雪拉溼潤的雙眼，幾乎是用喊的說道：

「我絕對不會放現在的妳一個人去！」

「奧利佛……」

雪拉以摻雜著痛苦與悲傷的表情佇立在原地……兩人都不曉得該說什麼，只能從接觸的地方感受著對方的體溫，陷入漫長的沉默。

「——以你們的情況來說，只差在是一起自殺還是殉情吧。」

一個出乎意料的聲音插了進來。兩人驚訝地看向聲音的方向，發現在表情僵硬的捲髮少女旁邊，有一個臉上掛著溫柔微笑的高年級生——薇菈．密里根悠然地站在那裡。

「密里根學姊？妳怎麼會在這裡……！」

「嗯，你覺得是為什麼？」

密里根說完後，瞄了旁邊一眼，卡蒂則是尷尬地別過視線。雪拉因此察覺背後的原因，表情瞬間變得緊張。

「卡蒂……妳該不會……」

「…………」

捲髮少女以沉默作為回答。蛇眼魔女乾脆地代替卡蒂進行說明：

「她說『只要妳願意救我的朋友，隨便妳想怎麼調查我的身體都行』──哎呀，你們感情真的很好呢。對我這邪惡的眼睛來說，實在是太過耀眼了。」

這個預料之內的答案，讓奧利佛激動地瞪向少女。

「卡蒂，妳這根本是把自己給賣了！」

「……如果能救朋友，那又何妨。」

「……卡蒂……妳這個人真的是……！」

雪拉像是感到頭暈般扶著額頭。一旁的奧利佛毫不猶豫地瞪向蛇眼魔女。

「不好意思，密里根學姊。請把這件事當成沒發生過。」

「奧利佛！這是我自己決定的事情！」

「沒錯。妳自己一個人煩惱，沒和我們商量就擅自決定！」

少年充滿怒氣的回應，讓卡蒂頓時啞口無言，然而──密里根無視現場緊張的氣氛，悠然地插嘴道：

「唉，我就知道會變成這樣。不過——這樣你們打算怎麼辦？你們全都不想捨棄朋友吧。無論要採取什麼手段，你們心裡都已經決定要去救皮特了。我說的沒錯吧？」

「……唔。」

魔女一指出這點，奧利佛就悔恨地咬緊嘴唇……沒錯，雖然卡蒂貿然提出這種交易，但奧利佛非常能夠體會她的心情。已經無法繼續袖手旁觀，也無法繼續猶豫了。皮特現在可能正需要幫助。

「雖然這是件好事，但前景不太樂觀呢。包含學生主席戈弗雷在內，所有可能協助你們的高年級生，都已經在設法處理這個狀況，沒有讓你們參加搜救行動的空間。我自己也打算從今晚開始潛入迷宮。」

這個現實讓三人一同陷入沉默。密里根見狀，輕輕聳了聳肩。

「唉，先試著跟我商量看看吧。雖然不曉得是福是禍，我還因為卡蒂的事情欠你們一點人情，就免費讓你們諮詢吧。」

魔女開導似的說道。奧利佛與雪拉互望彼此，稍微猶豫了一下後，奧利佛決定接受對方的好意。

「……學姊有什麼方法能夠提升皮特活著回來的機率嗎？」

雖然一心想要救人，但缺乏具體的手段。少年對此也有自覺，因此首先提出這個問題。密里根雙手抱胸回答：

「嗯，這個嘛……最保險的作法，就是不要妨礙已經展開行動的高年級生。他們也不會輕易坐視學弟妹被殺，應該會認真搜救。」

「……這我同意。但即使交給高年級生處理，妳覺得救出皮特的機率高嗎？」

雪拉明白自己的實力只會扯後腿，但還是如此問道。魔女稍微思考了幾秒後回答：

「……這要看怎麼解讀……單純就在迷宮內失蹤的情形來看，即使已經過了一段時間，那些人目前活著回來的可能性還是很高，不過——若是被墜入魔道的學生抓走，那狀況就完全不一樣了。」

奧利佛也這麼認為。目前的狀況遠比單純在迷宮內遇難還要嚴重。

「雖然能對過去的案例進行統計，但每起事件的狀況都相差甚遠，所以沒什麼意義。如果想認真計算皮特的生還率，還是先仔細分析他目前的狀況比較好。」

卡蒂和雪拉都陷入沉思。奧利佛也認為有必要先確認以皮特目前的狀況，具體來說到底有哪些危險。

「……奧菲莉亞．薩爾瓦多利和密里根學姊同年級吧。」

少年一想起這件事便抬頭問道，蛇眼魔女輕笑著回答：

「你的著眼點不錯。沒錯，我對她的事情是有一點了解。雖然很不巧沒能和她成為朋友，但我大概能猜出薩爾瓦多利目前處於什麼樣的狀態。」

三人懷著期待凝視密里根。比他們還要了解敵人的高年級生，直率地說出自己的見解。

「依我的看法──皮特的生還率頂多只有兩成吧。」

「「「──唔！」」」

「薩爾瓦多利現在沒理由放皮特活著回來，也沒那個餘力。既然已經墜入魔道，那她就會將所有精力都用在探求自己的魔道上。她會不惜一切犧牲，將抓來的學生當成消耗品使用吧。」

奧利佛等人低下頭，咬緊牙關對抗絕望……雖然原本就預料到可能會是這樣，但魔女的話還是為他們帶來不小的衝擊。期待眼鏡少年能夠平安歸來的心情，在他們心中急速消退──但密里根打斷他們的思緒繼續說道：

「之所以認為還有兩成的生還率，是因為我大概知道那些學生的『用途』。考慮到奧菲莉亞的專業領域，她不會立刻殺死抓來的學生。那些人的用途不是祭品，而是柴火。」

奧利佛等人都清楚這個比喻是什麼意思。祭品與柴火──雖然最後都會消磨殆盡，但後者能撐得比較久。

「你們應該明白吧？關鍵在於戈弗雷主席他們來不來得及救出那些學生。既然對方已搶先躲進廣大的迷宮內，那落後的一方無論如何都會比較不利。畢竟這次是薩爾瓦多利計畫得比較周詳。」

「既然如此，那搜救的人應該是愈多愈好……如果我們也加入搜救，有機會提升皮特的生還率嗎？」

雪拉將手抵在胸口問道，但密里根立即搖頭。

「沒有。不如說反而會降低。因為若你們魯莽行動陷入險境，就必須另外從高年級生中騰出人手救你們。」

「……唔……」

雪拉咬緊嘴唇低下頭。即使被人說實力不足，她也無法反駁。另外兩人也是如此。

「不過，如果你們不會扯後腿——或許能讓原本只有兩成的勝率再稍微提高一點。」

這句話讓三人一同抬起頭。奧利佛察覺密里根的笑容似乎若有深意，困惑地問道：

「……這是什麼意思？」

「雖然只是我個人的評價，但我認為只要好好訓練，你們就能成長到那個程度。」

魔女依序看向奧利佛與雪拉，接著突然閉上眼睛。

「稍微換個話題——坦白講，我的研究最近遇到瓶頸。」

密里根唐突的自白，讓三人大感驚訝，但她繼續苦笑著說道：

「這也是理所當然。既然我已經無法取得大量的亞人種實驗體，就表示無法繼續用之前那套作法。以前會協助我研究的達瑞斯老師失蹤了，戈弗雷主席也因為先前的事件盯上我。無論在哪一方面，我現在的立場都非常艱難。」

奧利佛心裡瞬間閃過一絲緊張，但完全沒有表露出來——別動搖。達瑞斯‧格倫維爾是金伯利的老師，像他這種地位崇高的人突然「失蹤」，必然會對學校產生各種影響。密里根一直接受他的援助，所以會提到他的名字也很正常。

「不過與此同時，我也在其他方向看見了希望。我對卡蒂關注的『異種間傳播學』很有興趣。

你們應該還記得成功讓巨魔獲得智慧的最後關鍵是什麼吧？」

三人試著回想那隻被卡蒂取名為馬可，目前正由她管理的巨魔。雖然他們之前在迷宮內走散，至今仍未確認牠的安危——不過那隻腦袋被密里根動過手腳的巨魔之所以能夠學會人話，全都是多虧了卡蒂投入大量心力與牠溝通，和牠建立了跨越種族的信賴關係。

「為了探究這個新的領域，我希望能和卡蒂成為共同研究者。之前把工房送給你們，也是為了跟你們打好關係，讓你們覺得我是個親切又慷慨的學姊。」

密里根毫不隱瞞地說道，讓奧利佛忍不住皺起眉頭——這個人臉皮未免太厚了。明明曾經綁架卡蒂並企圖剖開她的頭顱，事到如今居然還想裝出一副「好學姊」的樣子。

「所以即使奧利佛剛才沒有阻止，我也打算拒絕卡蒂的提案——如果跟你們的關係僅止於一次開顱手術，那未免太可惜了。」

蛇眼魔女笑著說完後，停頓了一下又繼續開口：

「我有個提議——『讓我來鍛鍊你們』。我會將你們鍛鍊到不會妨礙搜救行動的程度。當然也會幫忙搜索皮特，並在過程中替你們帶路。」

三人聽完後都驚訝地睜大眼睛，在腦中反覆思索這個出乎意料的援助方案。

「作為回報，等這次事件結束後，卡蒂要正式成為我的共同研究者。」

「——咦？」

這個附加條件讓捲髮少女大吃一驚，但奧利佛比她早一步提出質疑。

「……共同研究者？」

「如同字面上的意思，就是一起研究相同領域的同志。雖然這類研究者大部分都是師兄弟關係，但我們的立場是對等的。畢竟這對我來說也是完全陌生的領域。

當然我們之後會一起做研究，卡蒂應該也能從我擅長的領域學到很多東西。這部分就要看本人的意願和努力的程度了……怎麼樣？妳完全不用出賣自己。我覺得這筆交易對雙方都非常有利。」

「我接受！」

卡蒂立刻舉手贊成，同時看向奧利佛和雪拉。

「你們這次可不能反對喔！畢竟這是個不錯的提議！我說的沒錯吧！」

少女以強硬的語氣如此主張。奧利佛舉起雙手，安撫卡蒂。

「冷靜點，卡蒂。這確實是個不錯的提議……所以才讓人覺得未免好過頭了。密里根學姊，妳的目的真的只有剛才說的那些內容嗎？」

少年凝視對方的眼睛，明確說出自己的疑問——不能將對方的話照單全收。這裡是金伯利，而且對方還是那個薇菈·密里根。

「如果要問我是否有其他企圖，那當然是有，而且還不少。不過，這些最終都還是要交由你們自己判斷。並非盲目地相信我這個人，而是在衡量過風險與回報後，決定要不要利用我。這就是魔法師之間的交易。」

魔女的開導，讓奧利佛和雪拉表情嚴肅地陷入沉思……她說的沒錯，每個魔法師都有自己的祕密。該做的不是期待對方的善意，而是連同這些檯面下的試探在內，做好與其對抗的覺悟。

「…………」

在這樣的前提下，少年開始推測對方的企圖。除了改善與卡蒂的關係以外，密里根還能從這場交易獲得什麼好處。

「……『這樣妳就有理由接近奈奈緒了』。我說的沒錯吧？」

奧利佛帶著確信，說出首先想到的答案。雪拉和卡蒂都無法理解這句話背後隱藏的含意——少年這是在牽制曾親身體驗過魔劍斬擊的密里根。

魔女露出愉悅的笑容。這讓奧利佛確定自己說中了。

「就算是這樣，看來也無法在你面前耍什麼花招。」

密里根聳了聳肩，繼續拉回原本的話題。

「不過，即使你們願意接受我的提案，也無法保證一定能救出皮特。說得更直接一點，就連你們的『性命』都沒有保障。」

密里根進一步補充道。儘管這個警告的內容十分駭人，但反而讓奧利佛與雪拉感受到對方的誠意……他們可是打算從那個奧菲莉亞・薩爾瓦多利手中搶回同伴，過程不可能沒有生命危險。

「即使如此，還是有勝算吧……奧利佛，雪拉！我們一起去救皮特吧！」

卡蒂幹勁十足地勸說同伴，但密里根的下一句話澆熄了她的熱情。

「卡蒂，不好意思潑妳冷水，但我不能帶妳去。」

「咦？」

「坦白講妳的實力還差得遠，到了迷宮第二層以後的地方只會扯後腿。雖然是我個人的獨斷，但這次只能帶Mr.霍恩、Ms.麥法蘭和Ms.響谷這三個人去。」

突然被宣告無法構成戰力的卡蒂，頓時啞口無言。奧利佛和雪拉互望了一眼，兩人稍微思索後，一齊點頭。

「……我明白了。」「我對人選沒有異議。」

「咦咦咦？請、請等一下！這件事明明是我起的頭……！」

「卡蒂，請妳忍耐。留下來等待也是很重要的工作。潛入第三層後，兩三天內是回不來的。這段期間，必須有人幫他們抄上課的筆記。」

密里根輕輕將手放在學妹的肩膀上，嘗試開導她。奧利佛也跟著說道：

「抱歉，卡蒂，就照這樣安排吧……我們一定會帶皮特和馬可回來。」

「嗚嗚嗚嗚……！怎、怎麼這樣……！」

情勢突然轉變，讓卡蒂感到泫然欲泣。雪拉從正面緊緊抱住卡蒂，用顫抖的聲音說道：

「卡蒂，拜託妳聽話……我們實在無法帶妳一起去。妳太容易選擇犧牲自己了……」

奧利佛對此也有同感。就在兩人持續說服不願妥協的卡蒂時，密里根先一步準備離開。

「看來你們已經決定好了。那麼——兩小時後再到這裡集合吧。Ms.響谷那邊就交給你們說明了。記得做好萬全的準備。」

蛇眼魔女說完這些話就離開了。奧利佛越過卡蒂朝雪拉使了個眼色，雪拉也點頭回應。

雪拉和卡蒂之後立刻返回女生宿舍，直接前往目標的房間。抵達目的地後，兩人輕輕敲門。

「……是我。奈奈緒，我可以進來嗎？」

「嗯，請進。」

門內立刻傳來回應。兩人緩緩開門走進房間，然後同時大吃一驚——奈奈緒早已整理好搜救需要的行李，跪坐在床上等待。

「——要出發了吧。」

少女輕輕睜開眼睛說道，讓雪拉和卡蒂都愣住了。

「妳已經做好準備了……？」

「在下明白雪拉大人和卡蒂都早已下定決心，所以只需要等待妳們的傳喚。」

說完後，奈奈緒走下床站到兩人面前。雖然縱捲髮少女事先準備的說明大部分都用不上了——但雪拉還是嚴肅地開口：

「就像白天時說的那樣，有可能會發生最壞的狀況……就算是這樣也沒關係嗎？」

她刻意如此問道……如同奈奈緒在早餐時間說的那樣，沒有證據顯示皮特至今仍平安無事。即使賭上性命前往搜救也可能是白費工夫——不僅如此，連去搜救的成員都有生命危險。

面對雪拉的確認，東方少女毫不猶豫地點頭，露出澄澈的笑容。

「對在下來說都是一樣的事情——無論是去迎接朋友，還是接回朋友的屍體。」

雪拉和卡蒂感到一陣心酸——她們現在已經能夠了解，對奈奈緒以前居住的地方來說，這只是日常生活的一部分。

「……對不起，奈奈緒……我沒辦法跟你們一起去……」

卡蒂緊緊握住奈奈緒的手，淚眼汪汪地道歉。雪拉說明完密里根的提案後，奈奈緒笑著點頭。

「那麼，就麻煩卡蒂和凱留守了。上課的筆記就拜託你們了。」

「……嗯，交給我吧。我一定會好好寫……！」

捲髮少女擦掉眼淚堅定地回答，然後用力抱緊朋友——大家一定還能再次重逢。相信這點並留在學校等待，才是她要面臨的戰鬥。

「……我不能一起去啊。」

同一時間，奧利佛也在男生宿舍向凱說明。明白自己無法同行後，他沮喪地用力嘆了口氣。

「……雖然不甘心，但也無可奈何。畢竟我真的只會礙手礙腳。」

「凱……」

「……——把這些帶去吧。」

凱從放在床上的行李中挑了幾樣東西給奧利佛。除了幾個長條形包裹以外，還有一些裝得滿滿的束口袋。少年收下後，凱補充說明：

「這些是我自己做的攜帶糧食，還有自己培育收成的器化植物（tool plant）的種子。就是之前用來快速做出柵欄的東西。你應該知道怎麼用吧？」

「……嗯，那個柵欄的品質很好。如果有需要，我會不客氣地拿來用。」

奧利佛笑著點頭，在心裡感謝朋友的體貼。凱繼續嘟囔：

「這些攜帶糧食，應該比學校商店賣的好吃……如果能選，當然要選比較好吃的。記得留一點給皮特。他應該很餓了。」

凱說完後就陷入沉默，但又忍不住用雙手抓頭——奧利佛非常能夠理解他的心情。如果兩人立場顛倒，自己一定也會有相同的感覺。

「可惡，無法自己去實在是太遜了……喂，你別太勉強自己啊。我是說真的……！」

凱勉強擠出這些話後，用雙手抓住少年的肩膀。雖然凱的力量大到讓人發疼，但奧利佛仍直接面對他用力點頭。

「我一定會活著回來——包含皮特在內，所有人都會平安無事。」

為了活下來並再次與這個溫柔的朋友見面，少年立下這樣的約定。

在那之後，奧利佛與凱準時來到與密里根約定見面的走廊，這時候其他人都已經先到了。

「——人都到齊啦。還有人來送行呢。」

密里根看向無法跟去搜救的凱和卡蒂，微笑地說道。

「雖然我是無所謂，但拜託你們別說話。金伯利已經進入戒嚴狀態，照理說是不能讓二年級以下的學生進入迷宮。要是被監督生發現會很麻煩。」

魔女提醒完後，就開始穿越走廊，五人也緊跟在後。一行人壓低腳步聲，警戒著周圍爬上二樓，他們慎重地前進，如果中途遇到高年級生就躲藏起來。

最後一行人花了約十分鐘才抵達目標的教室。房間牆上掛了一幅描繪夜空的畫，密里根在畫前停下腳步。

「這次要從這裡進去。因為可能會在潛入的瞬間就遭到襲擊，所以由我先進去。

——啊，在那之前。」

密里根突然轉身，從長袍裡拿出一樣東西交給捲髮少女。

「卡蒂，小密里手就拜託妳保管了。用來代替我的遺書。」

「……咦？」

卡蒂反射性收下，並在發現手上的東西是什麼後瞬間僵住——那是一隻手。密里根活用她糟糕的品味，將過去被奈奈緒砍下的蛇眼左手改造成人工生命體當成使魔來用。位於手掌中央的石蛇之眼凝視著少女，看起來莫名像個親近人的小動物。

「如果我最後沒能活著回來，那就是用來閱覽我研究成果的鑰匙。它很親近人，要好好疼愛它喔。」

「咦、咦……？等、等一下……！」

密里手——手腕型使魔沒等卡蒂回答，就直接順著她的手臂爬到肩膀上，將那裡當成自己的據點。奧利佛見狀嘆了口氣……看來它和主人一樣，非常喜歡卡蒂。

「交給妳了，再見。」

「啊，等等——！」

在捲髮少女困惑的時候，密里根已經迅速進入畫中。接下來就輪到奧利佛他們了。卡蒂急著想對同伴們說些話，雪拉和奧利佛像是為了安撫她般露出微笑。

「放心吧，卡蒂……大家都會活著回來。」

「嗯，沒錯——奈奈緒，準備好了嗎？」

奧利佛重新下定決心，向一旁的少女進行最後確認。奈奈緒毫不猶豫地點頭。

「準備萬全。那麼——出發吧。」

以此為信號，在東方少女的帶領下，三人依序進入畫中。

「…………」「…………」

同伴們啟程後——凱和卡蒂留在恢復寂靜的陰暗教室內，繼續凝視那幅夜空的畫好一段時間。

第二章

Noisy Forest

喧鬧之森

魔道會跨越世代，持續讓子孫繼承，所以必然會與「家」的概念緊密結合。由父母傳給孩子，再由孩子傳給孫子——即使偶爾會產生分支，魔法師的家系仍像這樣連綿不絕。

雖然魔法沒有單純到存在愈久愈好，但人們對歷史悠久的家門出身的魔法師，都抱持著相對應的敬意與畏懼。這是因為他們背後累積的歲月，代表了數不清的成功與失敗。而且在耗費漫長時光，進行次數多到恐怖的實驗後，會讓那個血統天生具備某種能力。

薩爾瓦多利這個家系，在這類魔道名門中也算是歷史特別悠久。據說這個家系的起源可以追溯到大曆之前，也就是人類與亞人種的關係比現在還親近的時期。像是為了印證這點般，他們的祖先——純血的淫魔在這個世界已經是滅絕的物種。

「——就像做料理一樣，將各種生物的精子，放進『這裡面』混合。」

叫奧菲莉亞的少女用白皙的手指輕撫自己的腹部，闡述家門被賦予的宿命。比她略微年長的少年——卡洛斯·惠特羅坐在桌子對面聆聽。

「淫魔這個物種與其他種族間的生殖屏障原本就特別低。無論對象是何種生物，只要一盯上就能讓對方發情，她們會奪取精子，讓自己的子孫繼承那個特質——淫魔就是選擇了這種生存戰略（生活方式）的生物。」

少女滔滔不絕地說明，但少年察覺少女一直趁說話時的間隔觀察自己的表情。她那些刻意惹人討厭的言行，都是用來測試對手的反應。

「但到頭來，這似乎並非正確的選擇。畢竟她們好不容易取得各種生物的精子，卻在未能活用的情況下滅絕了。母親說她們搞錯了目的與手段。『淫魔必須在某個階段決定自己的方向性』——明明她們當初也是基於這個目的，才對各種生物敞開大腿。」

說到這裡，少女輕輕竊笑。她像是發自內心覺得滑稽般嘲笑自己血統的身影，讓少年感到一陣心酸。她究竟是經歷了多少不講理的待遇，被迫嚥下了多少苦楚，才變得會像現在這樣悲慘地如此自嘲。

「很好笑吧？這種下場就像是個得意忘形地不斷換男人，最後被所有人拋棄的輕浮女人。」

「…………」

少年反覆思索，但還是不曉得該怎麼開口，最後只能保持沉默……他有好多話想說，想全力否定少女的說法，不過——他也知道現在這個階段無論說什麼，都無法打動對方的內心。

少年默默痛苦著，少女像是看見什麼稀奇的景象般歪了一下頭。或許是因為沒預料到少年會沉默，她顯得有些困惑，但還是立刻繼續說道：

「不過——就算是那樣的祖先，在看見現在的我們（薩爾瓦多利）後也會大吃一驚吧。」

少女的嘴角浮現出裂痕般的笑容，同時看向周圍。在陰暗的房間裡有許多異形生物四處爬行，發出奇妙的叫聲。

「…………」

少年在被帶到這間房間時，就下定決心絕對不能露出不悅的表情。因為周圍這些扭曲的生命，有一部分就是少女親自生下來的。

「還是會覺得厭惡呢……自己的末裔變得像調理盆（salad bowl）一樣，並非為了延續血統接納其他種族，而是不斷嘗試新的組合，生完就丟——」

＊

原本像是沉入黏稠又甘甜的蜂蜜中的意識，一點一點地重新浮了上來。

「……嗚……」

少年一直感到呼吸困難，醒來就覺得心情奇差無比。充滿全身的倦怠感，讓他連一根手指都不想動，由於感覺實在太差，他完全不想回頭繼續睡。

「……呼……呼……！」

皮特用手撐著莫名溫暖的地板緩緩起身。他覺得視野有點模糊，於是反射性地將手伸向臉頰，但摸不到眼鏡。

他連忙在長袍內翻找，幸好備用的眼鏡還在。戴上眼鏡後，視野就變清晰了，但與此同時，映入眼簾的現實也以壓倒性的魄力重重震撼皮特的內心。

「——唔？」

皮特摸的地板會發出奇妙的脈動，手掌也能感覺到一股生物特有的彈性。他的前後左右都被相同質感的牆壁包圍，只有正面的牆壁長得像鐵欄杆，但仔細一看，那面欄杆也是從地板上「長出來的」。用肉做成的監牢——眼前的景象只能如此形容。

「……這、這裡是哪裡……」

隨著意識逐漸清晰，記憶也慢慢恢復。他還記得自己和同伴一起潛入迷宮，觀望包含奧利佛在內的三人與同學決鬥，並對奧利佛深不可測的劍技看得入迷。然後——就在因為事情告一段落而感到安心的瞬間，他們遭到不明魔獸襲擊。

「……大家都被關起來了嗎……」

皮特環視牢內，發現有許多學生都和他一樣被關起來了。大部分是一二年級生，而且至少有十人以上。雖然能從呼吸聲判斷他們還活著，但所有人都沒有清醒的跡象。皮特推測自己剛才應該也是這樣。

就在他試著起身，戰戰兢兢地將手伸向離自己最近的學生時——從某處傳來了腳步聲。

「……唔！」

皮特立刻趴下，拚命假裝自己正在熟睡。他沒有想太多，只不過——在這群昏睡的人當中只有自己醒著，他直覺地認為這個狀況很危險，所以決定裝睡。

從牢外傳來的腳步聲沒多久就來到他身邊。儘管察覺有人在俯瞰自己，少年仍害怕得連看都不敢看。他拚命裝睡時，聽見一道輕柔的聲音。

「……睡得真熟——大家都是好孩子，所以就這樣睡下去吧。只要永遠不會清醒，就跟作惡夢差不多。」

皮特勉強忍住發出慘叫的衝動——他不可能忘記這個聲音。在剛入學時，他曾經被捲入校舍的侵蝕，和奧利佛等人在迷宮內迷失方向，並在那時候遇見這個恐怖的高年級生。

「……唔……」

過不久，氣息和腳步聲再次遠離。即使如此，皮特也沒有馬上開始動，等了很長一段時間才慎重地起身——只要走錯一步就會喪命。他對自己面臨的狀況幾乎是一無所知，但還是本能地明白了這點。

皮特壓抑從內心湧出的絕望，拚命思考——要怎麼做才能活下去？面對這個狀況，自己該採取什麼行動才能活著回到地上？

＊

跟平常相比，今天迷宮的第一層可以說是幾乎沒人。奧利佛等人在這裡走了一個小時以上，一路上都沒遇到其他學生，可見戈弗雷主席的戒嚴宣言非常有效。

「…………」

這片寂靜，讓奧利佛再次體認到即使金伯利平常就是個危險的地方，目前的狀況仍然算是特別異常。

「我想趁現在先告訴你們幾件事。」

就在所有人都安靜前進時，帶頭的密里根突然開口。魔女是這場搜救行動的嚮導，所以三人都仔細聆聽。

「首先，奧菲莉亞．薩爾瓦多利的實力遠勝於我。保守估計至少比我高兩個層級。如果正面對上，我們絕對不會有勝算。」

光是魔女一開始傳達的事實，就足以讓奧利佛感到背脊發涼——他對自己之前和奈奈緒一起賭上性命和蛇眼魔女戰鬥的事仍記憶猶新。即使最後驚險獲勝，但密里根當時明顯從頭到尾都「沒有認真」。

魔女的實力原本就遠勝兩人，若她使出全力，兩人從一開始就不是她的對手，不過——就連這個可怕的魔女都認為和奧菲莉亞．薩爾瓦多利戰鬥沒有勝算。

「因此我們應該考慮的是，要如何在不被她發現的情況下救出皮特——這部分沒問題吧？」

「……我對這點沒有異議。學姊認為皮特被囚禁在哪裡？」

「幾乎可以確定是在她的工房。用途也大致推測得出來。」

「——她打算對皮特做什麼？」

雪拉激動地問道。密里根用手托著下巴，思考了一下後回答：

「應該會榨取他的精氣吧。不過奧菲莉亞要的只有屬性偏向男性的魔力，應該不會對他的身體下手。她平常是透過交涉取得術式需要的魔力，但這次需要的量很大，才會抓走低年級生。」

「……榨取的過程會伴隨著痛苦嗎？」

「不會喔？為了方便管理，應該會讓那些學生睡著，所以並不會有什麼痛苦的感覺，但可能會作惡夢吧。」

魔女乾脆地說道。與其說她是在顧慮雪拉的心情，不如說是覺得這種事情無關緊要。奧利佛露出不悅的表情……四年級生和一年級生對這種事的感覺差異就是這麼大。

「只是那些人會日漸衰弱。畢竟被榨取了生命力，所以這也是理所當然。至於會不會直接將皮特榨乾，就只有奧菲莉亞本人知道了。」

密里根說到這裡就暫時結束話題。雪拉的表情瞬間大變。

「等一下……妳說是要榨取『男性的魔力』？」

縱捲髮少女只重複這個部分，然後便看向旁邊的少年。奧利佛也點頭回應，他知道雪拉在擔心什麼。

「奧利佛……！」「……嗯。這樣或許會很不妙。」

「……嗯？你們在著急什麼？」

跟不上話題的密里根露出困惑的表情。就在奧利佛困擾著該如何說明——應該說是猶豫該不該說明時，一旁的奈奈緒突然開口：

「皮特最近覺醒了兩極往來的才能。」

「奈奈緒？」

奧利佛驚訝地看向少女，但奈奈緒靜靜搖頭。

「這件事跟之後的行動有關，所以不應該隱瞞。姑且不論過去的爭執——密里根大人現在是與我們同生共死的盟友吧？」

少女直視著奧利佛如此說道，讓他頓時啞口無言……或許是因為少女曾經上過戰場，所以對敵我關係的轉換適應得很快。就在少年這麼想時，總算明白狀況的蛇眼魔女露出微笑。

「沒錯，我也希望你們不要對我有所隱瞞。不過——兩極往來者啊。還真是抽到了一個稀有的體質呢。偏偏是在這種時候。」

奧利佛和雪拉也深有同感。實在是太不湊巧了。皮特的性別會隨著日子變動，所以無法穩定從他身上抽取奧菲莉亞想要的「男性魔力」。

「很遺憾，必須盡快行動的理由又多了一個。在正常情況下，這種貴重人才通常能活比較久——但對墜入魔道的奧菲莉亞來說，兩極往來者只會妨礙她的術式成立。要是這件事曝光，他應該會提早被殺掉。」

「既然如此，就必須盡快趕路——！」

雪拉焦急地加快腳步，但密里根輕輕按住她的肩膀。

「Ms.麥法蘭，不可以著急……奧菲莉亞的工房位於第三層的某處。妳應該沒忘記吧？在去那裡之前，我們得先通過第二層才行。」

這道冰冷的聲音讓雪拉止步。奧利佛也用力點頭……沒錯，先不論狀況緊不緊急，他們得先設法活著抵達皮特的所在地。

「如果輕舉妄動，很快就會喪命——你們對迷宮的了解還不夠深。我答應你們會盡快趕路，所以先乖乖聽從學姊的建議吧。」

「……好的。對不起，是我太激動了。」

雪拉接受密里根的忠告，慚愧地道歉。密里根一聽，就笑著重新看向前方。

「乖孩子——你們看，馬上就要到你們的祕密基地了。」

不知不覺間，奧利佛他們已經來到熟悉的地方。他們朝藏在牆壁裡的門喊出暗號，走進六人之前一起過夜的工房。三人直接穿過空蕩蕩的客廳，進入隔壁的大房間。

「——馬可！你平安無事啊……！」

奧利佛一打開門，就發現有個巨大的身軀蹲在房間角落，他立刻喊出對方的名字。原本在打瞌睡的馬可緩緩抬起頭。

「嗚——奧利佛。我，沒事。卡蒂，呢？」

「她也沒事！抱歉，之前讓你勉強自己了……！」

馬可開口第一句話就是擔心卡蒂的安危，奧利佛趕到牠身邊報告卡蒂平安的消息，並說明現在的狀況。晚一步進入大房間的密里根感動地說道：

「喔，真是個好兆頭。馬可，你沒被合成獸盯上嗎？」

「嗚——牠們，沒有，追我。」

馬可一面往牆邊退，同時如此回答。考慮到密里根之前做的事情，馬可會對她抱持恐懼和警戒也很正常。相較之下，看起來毫不在意的密里根理解似的點頭。

「這樣就證明那些合成獸並非失控，而是按照奧菲莉亞的指示行動。她還沒完全失去理智——至少目前是如此。」

雪拉的表情稍微恢復精神。儘管只是一時的寬慰，但這是久違的好消息。

「即使把兩極往來者這點考慮進去，奧菲莉亞也沒有積極殺害皮特的理由。對手只是一年級生，完全不用警戒他的抵抗，只要她還保持冷靜，就會適當讓皮特睡著吧。只因為礙事就收拾掉——這種不經考慮的作法『不符合她的行事風格』，所以一旦她做出這種行動，就表示她已經幾乎失去所有的理性。」

「……意思是現在情況還沒那麼急迫嗎？」

「應該是這樣沒錯……我好歹也跟奧菲莉亞在同一間校舍當了四年同學，可以向你們保證她很會忍耐。我相信就算她快要完全墜入魔道，也不會輕易失去理智。」

密里根如此斷言。即使對一年級生來說，奧菲莉亞・薩爾瓦多利是個彷彿怪物的高年級生；但對密里根來說，奧菲莉亞是她認識多年的同學，有些事情就是因為這樣才會知道。

「不如說目前你們還比較讓人擔心。即使有我的協助，也不曉得能不能順利抵達第三層。」

密里根難得露出嚴肅的表情，但馬上就回到客廳開始確認儲備物資。奧利佛、雪拉和奈奈緒也跟著展開行動。他們不能在這裡耽擱太久，所以立刻確認這裡儲備的糧食夠不夠馬可吃。

「我們過幾天會再來看你。不好意思，馬可，在那之前請你不要離開工房。現在還不曉得外面有多危險。」

「知道了。奧利佛、奈奈緒、雪拉……你們也，小心，不要受傷。」

最後，三人依序握住馬可龐大的手，約定近期內要再會後，就離開了祕密基地。他們在心裡發誓，一定要讓劍花團的成員再次相聚。

「——唔。」

雖然四人重新啟程，但密里根在即將抵達第二層時，像是察覺到什麼般停下腳步。奧利佛等人也馬上就跟著察覺——從走廊前方傳來異常的氣息。有某種體型遠比人巨大的異常存在，在前方擋住了他們的去路。

「馬上就遇到第一個門檻了——聽說你們之前被襲擊時，完全不是『那個』的對手？」

「……！」

一行人拔出杖劍進入備戰狀態，過不久就看見敵人的身影。敵人擁有超過二十英尺的龐大身軀，全身長滿了密密麻麻的觸手。雪拉倒抽一口氣。雖然不曉得是不是同一隻——但那個身影無疑是曾當著他們的面抓走歐布萊特、威爾諾克和皮特的合成獸。

帶頭的密里根前進時刻意不隱藏氣息，所以合成獸也已經發現四人。雙方間隔超過十五碼的距離互相對峙，蛇眼魔女再次開口：

「你們之前撤退是對的。要是你們以為自己能夠對抗奧菲莉亞的合成獸，應該早就全都被奧菲莉亞囚禁了。這傢伙就是這麼棘手。正常來講，至少也要升到三年級才能與其對抗。」

魔女肯定他們之前的判斷。皮特被抓時的記憶再次於腦中浮現，讓奧利佛與雪拉共同感到心痛——沒錯，他們當時根本對這隻魔獸束手無策。

「麻煩的是，如果無法克服這道難題，就無法拯救皮特。這樣你們該怎麼辦才好？」

密里根丟出這個問題後，往前踏出一步。她面對魔獸時的背影，看起來毫無猶豫和恐懼。

「答案很簡單——先看我示範，然後好好學起來。」

魔女說完就開始往前衝。魔獸蠕動著觸手迎擊。奧利佛嚥了一下口水——她到底打算怎麼對抗那些數量眾多且攻擊範圍很長的觸手？

「**變換形體！**」

魔女連續詠唱。從她的杖劍裡放出數道光芒，分別落在不同的地方。接著石頭地面開始隆起，像是被看不見的手雕刻過般改變外形——最後變成大小和人類差不多，會不斷晃動的石塊。由於重心偏低，因此這些石塊能夠持續保持平衡，就像不倒翁一樣。

「重點一——這傢伙的眼睛不好！」

密里根才剛說完，魔獸伸出的觸手就抓住了那些誘餌。奧利佛等人大吃一驚——魔獸的行動被那些不倒翁擾亂了。密里根無視他們的驚訝，繼續說道：

「因為牠的眼睛都被觸手給擋住了——開玩笑的。單純是這種魔獸無法同時具備靈巧操縱這麼多觸手的能力和優良的視覺。只要有一定程度的魔法生物學知識，就會知道神經系統有其界限——**變換形體！**」

魔女堅定地如此斷言後，繼續詠唱咒語。這次出現的每個誘餌形狀和大小都不同，看來是要測試魔獸會對什麼產生反應。

「如果不是視覺，那牠是用什麼感官察覺我們？先不考慮需要接觸的觸覺，試試看聽覺和溫覺吧。換句話說就是振動和溫度——只要適當用咒語改變這些要素就行了——**燃起火柱！**」

魔女使出新的咒語。她運用火焰咒語產生火柱，讓幾個地方持續燃燒。密里根周圍的地面竄出幾道紅色的火焰，和之前那些誘餌摻雜在一起，讓觸手的動作變得更加混亂。

「中獎了。看來七成是振動，三成是溫度。這傢伙有九成是靠身體表面那些觸手上的感覺器官，來獲取外界的資訊。雖然當然也能感覺到魔力，但無法只靠這項資訊正確掌握人移動後的位置，所以可以先不管。」

在眾多誘餌與火柱的干擾下，魔獸的觸手完全無法鎖定獵物。這個反應直接印證了密里根的說法。若具備正常的視覺，不可能無法分辨誘餌和人類。

「重點二——面對大型魔獸時的鐵則，就是不要站在對手正面。即使是我，也無法同時抵擋那麼多觸手的攻擊，所以必須不斷移動，讓對手不好瞄準。用咒語產生的誘餌在這個時候也能夠派上用場！」

密里根照自己說的那樣持續移動。奧利佛睜大眼睛，努力跟上她的動作。密里根結合控制重心的技術和領域魔法，編織出變幻自如的步法，視力不佳的魔獸應該會覺得她的身影就像模糊的霧氣般難以掌握吧。

「分散的一兩根觸手不足以構成威脅，不如說是削弱敵人戰力的機會。絕對不能急著分出勝負——大型魔獸的耐久力跟我們截然不同。先從能夠削弱的地方下手，等敵人衰弱後再給予致命一擊——**疾風斬裂！**」

密里根遊刃有餘地閃躲攻擊，同時用魔法慢慢給予魔獸傷害——數量眾多的誘餌分散了觸手，讓魔女能夠直接攻擊位於後方的本體。之前在觸手的保護下，那巨大的身軀甚至能夠抵擋雪拉的二節咒語，但密里根現在只用普通的風刃就能對牠造成傷害。

「話雖如此，也不能花太多時間在同一個敵人身上。要是打得太激烈，會引來其他魔獸，這傢伙目前也可能正在呼喚其他同伴。在這種狀況下，一次對付兩個敵人會非常棘手。所以再來就是重點三——『不要盲目戰鬥』。要好好規劃如何給敵人致命一擊，一步步地執行計畫。」

密里根在說話的同時，確實做好戰鬥的準備。只要繼續削弱對手，應該就能找到機會給予最後一擊——但出乎奧利佛等人的預料，魔獸突然採取不同的行動。牠收回所有觸手，瞄準密里根發動攻擊。魔女跳向旁邊躲開，笑著說道：

「差不多適應了呢。這就是奧菲莉亞的合成獸麻煩的地方，每一隻都具備一定程度的智力。如果一直重複使用相同的戰術，牠們也會想出對策。看來牠已經能夠分辨我和誘餌了。

所以——這時候就要反過來利用這點！」

密里根在宣告的同時改變行動。至今那些快速又複雜的動作就像騙人的一樣，她沒用任何花招直接走向魔獸。那宛如散步般的自然腳步，讓奧利佛驚訝到臉都僵住了。

然而不知為何，魔獸卻對這個只能說是自殺行為的舉動毫無反應。牠看起來像是再次跟丟了獵物，不曉得該將那些觸手伸向何處。

「很遺憾，到此為止了——**雷光奔馳**。」

密里根靠近對手正面，毫不猶豫地將右手的杖劍刺進魔獸毫無防備的頭頂，同時詠唱咒語——電擊在魔獸體內炸裂，燒毀大腦。龐大的身軀開始痙攣，沒有發出慘叫就直接倒下。

「牠認為『動作單純的是誘餌，複雜的是我』——所以我反過來利用了這個判斷。」

蛇眼魔女俯瞰魔獸的屍體時，呼吸甚至沒有一絲凌亂。她擊敗魔獸的手段實在太乾淨俐落，遠遠超出奧利佛等人的預料。

「居然這麼輕易……」

雪拉傻眼地嘟囔。密里根轉身向他們笑道：

「Ms.麥法蘭，妳發現了嗎？身體表面那些能夠抵禦雷電的觸手，其實就是在暗示牠害怕直接被雷擊中。只要找出要害的位置，用單節咒語就足以分出勝負。至於大腦和心臟的位置，可以從作為素材的魔獸來推斷。」

密里根指著背後的巨大魔獸說道。奧利佛也深感贊同。他也有看出這個合成獸是由沒有翅膀的地龍之類的改造而成。即使能夠加上像觸手的器官，也無法輕易對腦和脊髓——也就是物種的根基進行改造。

「唉，實際上做起來當然不像講的這麼簡單。觀察生態，找出弱點和執行作戰——最好是能分成這三個步驟進行。如果是已知的魔獸，那只要好好用功就能完成前兩個步驟，但麻煩的是奧菲莉亞的合成獸通常都等同於新的物種。」

密里根聳肩說道。沒錯——奧利佛他們之前是因為「沒見過」這個魔獸才陷入苦戰。一旦謎底被揭開，就會發現這個敵人其實比紅王鳥弱多了。「陌生的敵人」就是這麼可怕。

「我不要求你們每個人都能做到跟我一樣的事，但至少要能三個人一起合力完成。這是帶你們去第三層的最低條件。」

「「——！」」

「如果你們無法在通過第二層前完成這個課題，很遺憾這場冒險就到此為止了。放心吧，到時候我會好好送你們回校舍。」

魔女溫和地如此保證。在通過第二層前，必須做到和剛才一樣的事情——這道沉重的課題，讓奧利佛和雪拉的表情都變得十分僵硬。此時，一旁的東方少女突然開口：

「那麼，在下就負責第三項吧。」

「——奈奈緒。」

「奧利佛，我們辦得到。你回想一下之前與『迦樓羅』戰鬥時的事情。」

奈奈緒以堅定的笑容如此斷言，這句話喚醒了奧利佛的記憶——沒錯，雖然多少有一些預備知識，但當時他們也是第一次與紅王鳥戰鬥。

「沒錯，你們曾經擊敗過紅王鳥。雖然我有事先削弱牠的力量，但牠仍是神獸的眷屬。要不是有這樣的經歷，我也不會帶你們來。

Ms.麥法蘭，妳覺得自己能做到剛才那些事嗎？」

密里根說完後，看向縱捲髮少女。雪拉像是想要甩掉不安般，用力點頭。

「都看過這麼詳細的示範了，我怎麼能說自己辦不到呢。」

雪拉像平常那樣凜然地說完後，立刻看向東方少女。

「還有——奈奈緒！不要想自己一個人承擔所有危險。我們三個人要一起合作。無論是觀察敵人、找出弱點，還是執行作戰都一樣。」

「唔，這樣啊……在下明白了。既然如此，在下也會努力動腦。」

奧利佛側眼看向雙手抱胸陷入苦惱的奈奈緒，露出苦笑……看來與其說她是想獨自承擔危險，不如說她是認為這樣自己就不用動腦。

「……我們絕對會成功給妳看。密里根學姊，可以請妳指導我們嗎？」

三人都做好相同的覺悟後，奧利佛如此說道。密里根輕輕揚起嘴角。

「很好——就是因為這樣，指導學弟妹這件事才會讓人欲罷不能。」

說完後，密里根看向倒在地上的魔獸屍體。

「從這裡開始就是第二層『喧鬧之森』。即使不考慮奧菲莉亞的合成獸，對一年級生來說也是充滿生命危險的地方。

我會仔細教你們如何面對那些危險。奧利佛、奈奈緒、雪拉，你們可要好好跟上喔。」

「「「是！」」」

密里根不再對三人使用敬稱，他們也接受了這點——雖然過去的爭執不會消失，但對奧利佛等人來說，她確實是指導他們如何在迷宮內活下去的貴重老師。

絕對不能漏聽密里根的任何一句話。奧利佛等人抱著這樣的想法，跟在蛇眼魔女的背後。

同一時間，在四人即將踏入的迷宮第二層——長滿綠意盎然的樹木，有無數魔法生物棲息的「喧鬧之森」的某個角落。

「——**燒除淨化！**」

「GIIIIAAAAAAAAAA——！」

一隻合成獸被火焰漩渦吞沒。朝周圍擴散的強烈熱風，說明那道火焰蘊含了多麼驚人的熱量。

這隻合成獸之所以沒有閃躲，是因為牠認為單節咒語無法對自己強韌的身體造成傷害。這點不能算錯。牠身上的鱗片宛如鎧甲，能夠彈開大部分的咒語——但偏偏對手是這個男人。

「——AA——AA……」

就連慘叫聲都無法持續多久。非比尋常的火力迅速將合成獸的身體燒成灰燼。無論有沒有耐性都無法造成影響。單論魔法的威力，這個男人——艾爾文．戈弗雷原本就無法用常識來衡量。在一旁觀戰的卡洛斯．惠特羅，再次體認到這點。

「到目前為止遇見的合成獸全都是新型……真是一刻也不能鬆懈呢。」

戈弗雷收起杖劍，吐了口氣——他們這群人一潛入迷宮，就立刻兩人一組分頭行動。光是來這裡的路上，戈弗雷和卡洛斯就遇見六隻合成獸，並確實將牠們全數擊倒。

「莉亞認真起來就是這樣。不管是誰，都會害怕與沒見過的魔獸戰鬥。而且還必須節約魔力……大概只有異端獵人做得到這種事吧。」

卡洛斯中性的美貌閃過一絲憂愁地如此說道。在金伯利裡，沒有人比他更了解造成這個狀況的元凶。

戈弗雷丟下化為灰燼的合成獸繼續前進，同時表情複雜地說道：

「既然如此，得感謝她讓我累積了貴重的實戰經驗呢。」

「——哎呀，你已經決定好出路了嗎？明明之前那麼迷惘。」

「現在也還沒確定。不過——我終究是個只會戰鬥的人。只要能靠這個能力保護別人的生命，我畢業後應該還會繼續做一樣的事情。」

青年感嘆地說道。看來在這間學校生活了將近五年後，已經讓他徹底明白自己的能力界限，以及自己該活在什麼樣的世界。一考慮到青年的心情與將來，就讓卡洛斯的表情變得更加陰沉。

「異端獵人的工作環境，和金伯利又是不同類型的地獄。而且也不見得能像在這裡時一樣，找到志同道合的夥伴……以你的性格，真的有辦法忍耐嗎？」

「我不知道……如果你願意跟我一起走，情況或許會好很多。」

戈弗雷不自覺地說出真心話，但他馬上就察覺自己的失態，慚愧地閉上嘴巴。他的多年好友見狀，便露出溫柔的微笑。

「對不起，我無法跟你一起走……但這可能只是多餘的擔心。畢竟除了我以外，還有許多人願意跟隨你。」

「雖然這讓我很高興，但能否將性命託付給他們又是另一回事。我不想把明顯會早死的人拉進戰場。」

青年憂鬱地說道……他現在確實有許多同伴，其中也有不少願意二話不說就為他賭上性命的人，不過——就是因為這樣，他才會感到苦惱。

卡洛斯輕輕點頭，他比誰都明白青年內心的糾葛。

「就這層意義來說，可以理解為什麼異端獵人的前線會需要你這種人才。」

「……誰知道呢。感覺六七年級還有許多實力比我更強的人。」

「即使如此，這間學校也沒有學生不怕你。就連那些六七年級的怪物也一樣。」

卡洛斯以冷淡的語氣說出單純的事實。然而即使獲得這樣的評價，戈弗雷還是一臉不悅。

「比起被人害怕，我更希望能被人喜歡。特別是學弟妹。」

「艾爾，這兩者並不矛盾。當然我並不覺得你可怕喔。」

看見好友露出滿面的笑容，戈弗雷也只能噘著嘴搔著頭——打從兩人還是一年級生時起，他就一直不擅長應付卡洛斯的這個表情。

兩人繼續默默前進，但戈弗雷突然停下腳步。

「等等——有人來了。」

兩人擺出警戒的架勢。過不久，眼前的樹叢開始晃動，從裡面冒出一個人影。首先映入眼簾的，是沾滿泥土的嬌小身軀、簡略到幾乎看不出原形的制服，以及勉強能看出是六年級生的領帶顏色。那道人影一發現兩人，表情就瞬間亮了起來。

「……喔？喔喔？喔喔喔？看來中大獎了！」

「——沃克學長？」

這場出乎意料的相遇，讓戈弗雷大吃一驚。金伯利魔法學校六年級生凱文・沃克——人稱「生還者」。他是迷宮美食社的現任社長，曾在迷宮深層失蹤半年後活著回來，是校內的名人。

「哎呀，太好了！既然遇到你們兩個，表示這條路線沒錯！哎呀，雖然只是直覺，但我想只要有人經過就能把東西交給他……啊，你們肚子會餓嗎？我在附近的沼澤抓了一些泥蝦，要一起烤來吃嗎？」

「學、學長，請你稍微冷靜一點。」「凱文學長，你是在等我們嗎？」

「嗯？沒錯，我等好久了。我想把這個交給你們。」

沃克像是想起什麼般敲了一下手，從懷裡掏出一本陳舊的筆記本交給兩人。卡洛斯收下後確認內容，戈弗雷也從旁邊窺探。

「……這是……」

「第三層目前的地圖。我盡可能四處探索並記錄在筆記本裡了。或許是受到莉亞的影響，這裡的地形變了很多，你們要小心一點。而且還有許多沒見過的合成獸四處徘徊。」

沃克說的像是親眼所見。察覺事情應該真的就是如此，讓戈弗雷驚訝得目瞪口呆，因為這就表示他——

「……你在這種情況下，一個人潛入了第三層嗎？」

「嗯。但抱歉我沒找到她的工房。這次被抓的是一年級生，必須盡快採取行動。這本筆記應該能當成探索迷宮時的參考，所以我想先交給你們——喔？」

沃克快速講到一半突然停下。卡洛斯用修長的雙臂，緊緊抱住眼前這個以六年級生來說算相當嬌小的身軀，完全不介意自己會被泥土弄髒。

「……謝謝你，凱文學長。謝謝你……」

「卡洛斯……」

戈弗雷心裡也充斥著和好友相同的感情。他們的反應並不為過。在金伯利這個地方，從以前到現在都一直站在他們這邊的高年級生絕對不算多。

接受這個擁抱一段時間後，沃克笑著將手放在卡洛斯肩膀上。

「哈哈，卡洛斯，你在說什麼啊。即使沒有人拜託，學長本來就應該要幫助學弟。你們也是這樣一路走過來的吧？」

男人像是覺得理所當然般，肯定學弟們至今所做的一切。卡洛斯微笑地退開後，沃克就轉身準備離開。

「那麼，我繼續回去探索了。上次潛入已經大概抓到感覺，這次應該能潛入更深的地方。」

「咦──請、請等一下。那不如與我們同行……」

「嗯～還是算了吧。我是單獨行動才能發揮價值的類型。這點你們也很清楚吧？」

沃克揮手道別後，就再次潛入樹叢中。兩人原本還想繼續挽留，但沃克堅定地回答：

「放心吧，我不會死在迷宮裡──那麼，再會了！」

留下這句話後，生還者的身影就消失在迷宮的黑暗當中。戈弗雷當場愣了一會兒後，用力嘆了口氣。

「……那個人一點都沒變呢。」

「是啊。我們從一年級時開始，就一直受到他的照顧。」

卡洛斯也笑著點頭。沃克是個能讓人真心視為「學長」仰慕的對象。兩人感受著這份可貴，重新確認前進的方向。

「託學長的福，我們離莉亞又更近了——走吧，艾爾。」

「嗯，快趕路吧。」

兩人互相點頭，重新踏出腳步——路途還很遙遠，剩下的時間卻不多。

跨越第一個難關進入第二層後，出乎奧利佛等人的預測，四人面對的是與之前的迷宮截然不同的環境。

「——這個果實看起來很好吃對吧？不過……」

蛇眼魔女在說話的同時，將左手伸向長在一棵小樹上的果實。接著果實突然從中央裂開，像隻猛犬般咬向她的手。密里根迅速抽回手躲過攻擊，但果實仍繼續追求獵物，在三位一年級生面前將牙齒咬得喀喀作響。

「如果把手伸過去，就會反過來被吃掉。被這種果實咬斷手指，可以說是踏入第二層的人必經的考驗。雖然不算是什麼可怕的陷阱，但要是慣用手被咬，變得握不住魔杖就麻煩了。接觸未知生物要遵守一定的流程，至少要養成不能一開始就用慣用手的習慣。」

密里根立刻開始傳授關於這層的知識，奈奈緒皺起眉頭凝視凶暴的果實。

「唔唔，所以這個到底能不能吃？」

「可以吃喔。只要先用咒語打昏再摘下來就行了。如果不介意它可能吃過很多學生手指的話。」

「……奈奈緒，要採集食材是沒什麼關係，但至少找像樣一點的。」

奧利佛規勸完看起來興致勃勃的少女後，四人再次於森林中前進。在警戒周圍的學弟妹們面前，密里根用力吸了口氣，感受濃厚到嗆鼻的植物氣味，以及散布在各處的無數生命氣息。

「呵呵呵，真開心。因為能夠輕鬆地到處逛，所以我最喜歡這一層了。動植物的生態性也充滿變化，讓人百看不厭呢。真想快點接卡蒂過來。」

「輕鬆地到處逛嗎……」

雪拉半是傻眼，半是佩服地嘟囔。他們還不曉得會在這裡遭遇何種危險，所以無法體會密里根的心情。魔女無視學弟妹們的緊張情緒，輕輕笑道。

「現在情況當然不同。畢竟不曉得會在哪裡遇見奧菲莉亞的合成獸。但我對這裡還是熟悉到能夠閒話家常的程度。」

「……原來如此。那我可以趁現在試一個道具嗎？」

奧利佛提議趁尚有餘力的時候測試道具。密里根喊著「咦？試什麼？」，同時將臉湊了過來，少年判斷比起用嘴巴說明，還是直接給她看比較快。他從束口袋裡拿出種子灑到地面，拔出白杖施展促進成長的咒語。從種子裡長出的新芽逐漸化為小樹，樹的前端隨著成長彎曲，最後刺進地面形成拱形的柵欄。

「喔，是器化植物啊。從這個成長速度和強度來看，品質還不錯呢。」

密里根試著對柵欄又踢又推，測試強度。奧利佛點頭回答：

「凱把他親自種的器化植物託付給我了。在與魔獸戰鬥時，可以用這個牽制對方的行動。」

「Mr.格林伍德嗎……嗯，真了不起。我也經常使用器化植物，但這東西的品質好到能拿來賣錢了。跟第二層的土壤也很契合。」

「呵呵呵，對吧？凱在培育魔法植物這方面真的很有一套。」

雪拉一聽見朋友被稱讚，就像是自己的事一樣得意。魔女再次點頭，轉向奧利佛。

「我非常歡迎各種創意，盡情嘗試吧。即使犯下一些失誤，我也會幫忙掩護。」

「……感謝妳的協助。」

奧利佛道謝後，重新將器化植物的種子收回束口袋。這時突然有人從旁邊拉他的袖子。

「奧利佛，在下肚子餓了。」

與此同時，少女的肚子也開始咕嚕作響，讓少年忍不住按住自己的額頭。

「妳不說我也知道……妳肚子發出的聲音大到連合成獸都聽得見。密里根學姊，現在方便用餐嗎？」

「的確，我們已經連續走了約五個小時。路還很長，稍微休息一下吧。」

在所有人都同意後，四人在前進的同時尋找適合用餐的地方，最後發現一個還算寬廣，周圍都被樹木包圍的空地。四人簡單用咒語割除雜草，清出一片用來休息的地方，然後用器化植物做出四張椅子坐下來。

「要好好休息喔。如果要長時間探索，那麼休息和行動可說是一樣重要——當然，也要好好吃飯。」

密里根說完後打開放在腿上的包包，拿出自己準備的攜帶糧食。奧利佛等人也跟著開始用餐。打開凱準備的包裹後，他們發現裡面裝的是分量紮實的長方形蛋糕。從樸素的外觀來看，應該是種鄉村風格的烤點心。

「雖然現在說這個還早，但從這一層開始，就連露宿的準備都要特別注意。不可以隨便生火喔，因為一下就會吸引魔獸過來。這方面有幾個重點——」

密里根在用餐時也持續講課。奧利佛一面聽，一面用杖劍切了一口蛋糕來吃……儘管分量紮實，但吃起來還是很滑順，裡面包的核桃和水果乾也增添了不同的口感。強烈的甜味，為長途跋涉的疲憊身軀注入了活力。

「真好吃呢，奧利佛。」

「……嗯，好吃。」

「真的很美味。」

三人感動地互相點頭，勾起了密里根的興趣，於是雪拉切了一塊自己的蛋糕和密里根的攜帶糧食交換。魔女吃了一口，就驚訝地睜大眼睛。

「這是什麼！你們太狡猾了，居然藏著這麼好吃的東西。」

密里根大為驚嘆，朋友的料理被稱讚，讓雪拉又再次得意了起來。奧利佛看著她們平靜的用餐景象——同時將注意力移向後方。

（……Ms.卡斯騰，妳在吧？）

奧利佛並未發出聲音，而是用細微的魔力波向她搭話。他將魔力壓抑到其他三人感覺不到的程度，而且即使真的被探測到，也只有事先知道暗號的人能聽出那是有意義的「話語」。

（……在這裡有可能被蛇眼發現，所以我無法前往您的身邊。）

某人從奧利佛的背後——應該是從樹上用相同的方法回應。奧利佛表面上仍與同伴談笑風生，但其實持續與潛藏在附近的隱形高手——泰蕾莎．卡斯騰對話。

（這樣就行了。妳知道大哥和大姊在迷宮的哪裡嗎？）

（約八小時前，我曾和他們在第一層見面，所以目前應該是在第二層。除此之外，這一層還有幾個包含「同志」在內的高年級生。）

少年在心裡點頭。他相信以戈弗雷主席為首，應該有許多高年級生正設法解決這個狀況。雖然讓人覺得可靠，但考慮到自己一年級生的身分，在這裡遇見他們應該會引發麻煩。

（姑且向您報告一下——那兩人命令我如果在迷宮內發現您，就盡快將您帶回校舍。）

沉默了一會兒後，奧利佛試著打探對方內心的想法。

（……為什麼妳沒這麼做？）

（既然已經完成加冕儀式，您就是我名副其實的君主。比起夏儂大人和格溫大人的命令，自然應該以您的意思為優先。）

泰蕾莎毫不猶豫的態度，讓奧利佛有些驚訝……她似乎強烈認識到自己是奧利佛的直屬臣子。奧利佛原本還煩惱要如何說服她，但看來是沒這個必要。

（更重要的是，繼達瑞斯．格倫維爾之後，我們過不久就要擬定「下一個目標」。考慮到對付那些魔人的困難，怎麼能因為區區薩爾瓦多利的淫婦就躊躇不前。不如說應該把這當成試刀的好機會。難道不是這樣嗎？）

再也沒什麼比這些話更能鞭策少年了。沒錯——自己必須打倒的敵人還要更加強悍。光用正常的方法鍛鍊根本不夠。就這層意義來說，甚至應該把這個狀況當成對自己有利的考驗。

奧利佛重新體認泰蕾莎是個可靠的部下，並下定決心提議。

（妳的隱形對奧菲莉亞．薩爾瓦多利的合成獸，或是她本人有效嗎？）

（只要保持一定的距離，我一個人應該是不會被發現。若有需要，可以讓我擔任斥候。）

（那就拜託妳了。如果我們前進的路線上有危險就告訴我，但絕對不能逞強。）

（遵命！）

少女開心地以天真無邪的聲音回應，讓少年心裡感到一陣刺痛……自己接下來要派這個少女去危險的地方探索。

（請您別太在意。部下原本就應該任由君主差遣。吾主，請您盡情對我下令。）

或許是這股動搖也表現在魔力波上，泰蕾莎如此開導少年。即使這讓少年感到更加心酸，他還是壓抑這份心情，簡短地回了句「拜託妳了」。

（另外……恕我僭越，有件事必須向您澄清。）

少女低聲說道。下一個瞬間，原本一直維持一定幅度的魔力波，突然一口氣增強。

（──我的說話方式一直都是這樣。絕對沒有像您之前說的那樣……把自己繃得太緊！）

泰蕾莎用如果真的有發出聲音，一定會讓耳朵嗡嗡作響的音量頑固地如此主張。就在奧利佛被嚇了一跳時，一旁的奈奈緒突然起身。

「怎麼了，奈奈緒？」

「──剛才好像有感覺到什麼氣息。」

奈奈緒敏銳的感官似乎察覺到魔力波的餘波，讓她筆直地盯向樹叢。奧利佛在焦急的同時，心裡也有一部分感到放心……既然會犯下這種失誤，表示那個少女也有符合她年齡的一面。

「大概是有魔獸在看這裡……一直逗留在同一個地方不太好。學姊，差不多該出發了吧。」

奧利佛若無其事地轉移話題後跟著起身。密里根點頭回答：

「說得也是──繼續趕路吧。」

休息完後，四人又在森林裡走了約兩個小時，然後看見與之前截然不同的景象。

「──遇到難關了呢。」

「……這是……」

奧利佛一時想不出該如何形容眼前的景色——那是一棵極為巨大的樹。而且完全無法辨別樹幹、樹枝和樹根的位置，彷彿所有部位都扭曲、糾纏在一起，再分散出往上開枝散葉的部分，以及立在地面支撐自己的部分。即使只看較細的地方，直徑也遠遠超過三十英尺。

「這是迷宮第二層的難關，巨大樹（Irminsul）。這在外面是瀕臨絕種的貴重物種。你們可要看仔細了。」

密里根在解說的同時，用手撫摸旁邊的樹皮。

「據說這種樹只會在巨獸種的屍體上發芽。有趣的是，在遠古時期地上曾經長滿了這種樹——哎呀，有人來迎接了。」

四人抬頭一看，就發現有一群生物在頭上飛舞。那種生物有著瘦骨嶙峋的翅膀、長長的尾巴和巨大的嘴巴，不斷發出尖銳的叫聲。

「是小型的鳥龍。牠們很聰明，會根據獵物改變狩獵方式，遇到強悍的對手就只會找機會坐收漁翁之利，或是將目標換成屍肉糾纏對手，等對手一衰弱就群起圍攻。牠們連骨頭都會吃得一乾二淨，所以被稱作巨大樹的清潔工。想要鳥葬的海吉斯老師，應該被這些傢伙吃掉。」

密里根開玩笑地說著，她踏上巨大樹的樹枝，開始往上走，奧利佛等人也緊跟在後。遍布各處的粗壯樹枝形成道路，四人警戒著周圍前進，鳥龍在上空緊追不捨。

「……在通過這棵樹前，都要一直被牠們從空中監視啊。」

「是啊，但這也不全都是壞事，如果附近有大型魔獸，那群鳥龍的行動就會改變，就當作牠們擅自幫我們監視狀況吧。」

密里根毫不畏懼地說道，但初次踏入這裡的奧利佛等人實在無法像她這麼大膽。雖然鳥龍害他們常將注意力移到頭上，但附近的樹枝上也有許多氣息，不曉得何時會被什麼東西襲擊。

「話先說在前頭，有其他條路能夠繞過這裡。雖然那條路線比較安全，但必須多花一天的時間繞遠路——」

「那當然是走這裡。」「沒錯，現在分秒必爭。」

奈奈緒和雪拉立即回答，奧利佛也跟著點頭，看向走在前面的密里根。

「看來根本不需要確認——那就繼續爬吧，跟我來。」

像登山的爬樹行動就此展開，一行人朝目標的方向前進，不斷更換樹枝，雖然在樹枝之間隔得太遠或有高低差時，也會用到掃帚，但密里根提醒他們基本上還是要靠自己的雙腳。按照她的說法——如果在掌握地形和生態系前就想用飛的偷懶，通常都不會有好結果。

「這些路真不好走。」

「即使有人開闢道路，也馬上就會被破壞。小心別讓自己累倒啊。」

「……雖然現在講這個也有點晚，但那個太陽是怎麼回事？」

雪拉爬上陡峭的樹枝，看著從頭頂照下來的光芒問道。走在前面的密里根一面砍掉擋路的藤蔓，一面回答：

「是大曆以前的遺產——一種現在很難重現的魔法技術。真要說起來，整座迷宮都是如此。不過術式本身已經幾乎解析完畢，並確認魔力的源頭在比這裡還要深很多的地方，但我也不曉得那是什麼。」

奧利佛聽著密里根的說明，瞇起眼睛仰望那顆人造太陽——大曆以前的魔法技術多已失傳，現代的魔法師也經常煩惱要如何重現。所以魔道工學才會特別注重逆向工程，這都是為了取回已經失傳的千古智慧。

「和地上不同的是，那個太陽不會下山。對不需要睡覺的植物來說，這裡簡直是天堂。而且還會定期下雨。」

「……這是叫人工生態系吧？怎麼看都是專門為了魔法生物準備的環境。」

「如果想了解這方面的事情，就去研究迷宮學吧，不過——關於這座迷宮是為了什麼目的建造，到現在好像都還沒有確切的答案。」

魔女以這句話作為結論，四人默默地繼續趕路。之後的路還是一樣幾乎都很難走，劇烈的高低起伏也持續剝奪他們的體力。

「……呼……！」

奧利佛運用「墓碑踏步」做出立足點跳到下一個樹枝——他再次體認到，沒帶卡蒂和凱過來是正確的……必須先將步法修練到一定程度，才有辦法突破這裡。即使有嚮導，那兩人現在也無法跟上吧。

「……嗯，吸引了不少呢。」

密里根放慢腳步，低聲說道。這句話讓少年猛然環視周圍——附近的所有樹枝上，都能看見從無數魔獸的眼睛發出的亮光。一旁的雪拉嚥了一下口水。雖然一直都有感覺到氣息，但不知不覺間居然增加到這麼多。

「……學姊……」

「別拔出杖劍，這樣會刺激到牠們，但要做好隨時拔劍的心理準備。」

密里根從容回應，像是為了讓學弟妹們冷靜下來般說道：

「四人隊伍只有二分之一的機率能夠沒遇到任何狀況，就順利通過巨大樹。除了要看牠們的飢餓程度以外，在育兒期間也可能會不由分說地發動襲擊。幸好牠們今天看起來還滿平靜的。」

「……牠們不會仗著數量優勢襲擊我們嗎？」

「牠們曾經因此吃過虧，所以會害怕魔法師。而且牠們也無從得知在我們四人裡有三人是一年級生。」

密里根試著消除雪拉的擔憂，但這段話反而讓奧利佛感到背脊發涼——這表示四人裡有三人是一年級生，在這個地方算是異常狀況。

「但接下來就沒辦法這樣——大人物登場了。」

密里根說著停下腳步。在她的視線前方，有十幾根和腳下一樣的粗壯樹枝糾纏在一起，形成一個寬廣的盆狀「空地」。或許是堆積的落葉形成了腐葉土，即使這裡是樹上，腳下還是有一層厚厚的土壤。

在那塊空地中央，有一個用和樹木一樣粗的樹枝做成的「巢穴」，一個巨大的身影敲響著地面從裡面現身。

「——唔！」「……？」「喔。」

「別害怕看牠。不能表現出恐懼——這傢伙就是巨大樹西側的統治者。」

密里根正面與那龐大的身軀對峙——對方的體格明顯是她的三到五倍，是一隻身高超過十五英尺的猿猴。那隻猿猴除了臉以外的地方都長滿黑色的體毛，相較於腳和身體，手臂顯得特別長。雖然看起來能夠用雙腳行走，但牠還是手腳並用地靠近這裡。

奧利佛知道幾種棲息在樹上的魔猿，但從來沒聽過這麼大的，或許是巨大樹特有的物種。魔女接著開口：

「怎麼啦，西側的統治者，你今天看起來不像平常那麼從容呢。如果只是有幾個人經過，你應該不會在意才對。」

密里根冷靜地向魔獸搭話，同時詳細檢視對方全身上下……許多地方的毛都悽慘地脫落，從受損的皮膚露出底下暗紅色的肉。仔細一看，牠身上沒受傷的地方還比較少，右手甚至還少了兩根手指頭。

「……你受傷啦。原來如此，是和奧菲莉亞的合成獸打過了吧。」

密里根一眼就看出對方是怎麼受傷的。魔猿露出牙齒，發出威嚇的聲音。奧利佛將手伸向腰間的杖劍——和至今遇到的魔獸不同，這個對手的情緒明顯十分激動。

「雖然我們沒有敵意，但看起來不太像能溝通——沒辦法了。」

密里根也這麼認為，所以必然得立即放棄「盡可能在不刺激牠的情況下通過」的方針。她繼續與魔猿對峙，並輕輕掀起遮住左眼的前髮。魔猿一看見底下的石蛇之眼，就突然表現出恐懼。

「如果看見這隻眼睛還不撤退，那交涉就決裂了——你們三個，做好戰鬥的準備。」

魔女朝背後的三人如此說道，將手伸向自己的杖劍。雖然氣氛一觸即發，但魔猿還是沒有撤退的跡象。奧利佛和雪拉判斷無法迴避戰鬥，將手伸向腰間——

「密里根大人，請等一下。」

一道平靜的聲音勸他們不要開戰。東方少女直接走向魔猿，讓密里根驚訝地睜大眼睛。

「……奈奈緒？」

「現在拔劍還太早，我們還沒有盡到禮數。」

奈奈緒說完後，緩緩跪坐在地。她解下腰間的佩刀放到地上，赤手空拳地面對魔猿。那道挺直的身影，讓後面的三人看得目瞪口呆。

「我們這趟旅程是為了拯救朋友。因為事態緊急，請原諒我們穿越您領地的無禮。」

奈奈緒維持相同的姿勢，語氣平靜地說道。魔猿凝視她幾秒後，突然將臉湊了上去，魔獸在隨時能咬到奈奈緒的距離，不斷嗅來嗅去。

「奈奈緒……！」「等等，雪拉！」

看不下去的縱捲髮少女打算拔出杖劍，但奧利佛迅速做出制止她的決定——感覺不太對勁。儘管這景象看起來十分危險，不過魔猿散發的敵意變弱了。

「我們不想靠武力逼您讓路——可以讓我們通過嗎？」

奈奈緒從頭到尾都沒移開視線，坦率提出要求。少女和魔獸經歷了一陣短暫的寂靜，最後其中一方緩緩轉身——三人傻眼地看著魔猿轉身背對他們返回巢穴。

「……退讓了……」

「——真是驚人。奈奈緒，妳到底變了什麼戲法？」

密里根開心地看向少女，要求她揭曉手法。奈奈緒重新將刀綁在腰際，起身回答：

「在下曾聽卡蒂說過，長得像野獸的魔法生物，大多是透過對手散發的『魔力』和『味道』來判斷對手有沒有敵意。我們平常都會不自覺地散發這些東西，但只要轉換想法就能改變這些東西的性質。

因此，如果想對這種生物表示自己沒有敵意，就要放鬆肩膀的力氣，用平穩的心面對牠們。按照卡蒂的說法——對手愈是興奮，自己就要愈冷靜。」

少女微笑地搬出朋友的名字。這個出乎意料的方法，讓雪拉雙手抱胸陷入沉思。

「……用平穩的心情面對啊，雖然理論上能夠理解……但要在近距離面對那隻魔獸的情況下實現這一點……」

「不過她說的確實有道理，那隻魔獸是因為受傷才那麼激動，但其實牠應該也想避免無謂的紛爭，所以該讓牠知道我們這邊沒有敵意。

……無論是妳，還是卡蒂，總是能為我帶來驚奇呢。」

奧利佛說完後，突然想起凱託付給自己的器化植物的種子，並深刻體會到一件事——即使那兩人沒有跟來，還是以某種形式幫助了自己。一定要集結大家的力量救出皮特。

「……劍花團啊。」

奧利佛不自覺喊出這個名字。一旁的雪拉輕輕微笑，奧利佛見狀也跟著露出苦笑……她剛才應該也在想一樣的事情吧。

密里根繼續聆聽奈奈緒的說明，然後用力點頭。

「真是讓人感興趣。無論如何，我們還是僥倖迴避了一場戰鬥。繼續趕路吧。通過這裡後，就只剩走下山麓了。」

說完後，密里根指向道路前方。在她的引領下，三人再次踏出腳步，但通過魔猿的巢穴沒多久後，奧利佛就察覺上空出現異變。

「——學姊，那些鳥龍。」

至今都在上空緊跟不捨的鳥龍，突然停止跟蹤飛走了。就在四人抬頭仰望天空的時候，他們背後傳來巨響。

所有人都立即回頭，發現剛才的魔猿跳出了巢穴。四人立刻進入備戰狀態——但魔獸完全沒看奧利佛等人，直接穿過他們身邊。

「西側統治者跑掉了，那裡應該發生了什麼事。」

密里根看穿情況有異，開始跑了起來。三人也緊跟在後，接著馬上有人從旁邊的樹上傳了魔力波的暗號給奧利佛。

（請您小心，前方有合成獸！）

泰蕾莎的警告讓奧利佛露出嚴肅的表情。四人繼續奔跑了約二十秒，就在地形開始變成下坡時——他們看見印證泰蕾莎警告的景象。

在他們預定前進的方向，一根離剛才的「空地」很近的樹枝上，有兩隻魔獸在戰鬥。其中一方是剛才的魔猿，另一方是比牠還要大上兩倍，看起來像用螳螂和甲蟲組成的巨大合成獸。那隻合成獸的兩隻手臂是巨大的鐮刀，下半身長著好幾對一節一節的腳，身上也有許多地方長著像劍山的針。面對咆哮的魔猿發動的攻勢，合成獸毫不退卻地正面迎擊。

「……合成獸在和那隻魔獸戰鬥……！」

「那麼大的生物踏入魔猿的地盤，當然會變成這樣。」

四人找了一個突起的地方躲起來，觀察兩隻魔獸的戰鬥。雖然魔猿的動作遠比外表看起來敏捷，但不知為何每次接近合成獸時，身上就會噴出血花。牠明明沒有被鐮刀砍中——雖然奧利佛對此感到疑惑，但他馬上就靠眼睛和耳朵找到了答案。魔猿的身上插著好幾根針。那些長在合成獸身上的針，伴隨著強烈的噴射聲發射出去。

魔猿只要靠近就會被針攻擊，身上的傷勢也因為無法與對手拉近距離變得愈來愈重。原本就有傷在身這點應該也有影響，總之這場戰鬥並未持續太久。失血過多的魔猿跪倒在地，合成獸毫不留情地揮下鐮刀，一擊砍下牠的頭顱，巨大樹的魔猿毫無招架之力就喪命了。

「西側的統治者被幹掉啦。畢竟牠原本就受傷了，所以也沒辦法，但這下麻煩了。」

密里根在看見牠們分出勝負後如此嘟囔。奧利佛早一步察覺這代表什麼意義，緊張地嚥了一下口水。

「那隻合成獸打倒了原生生物，搶下這塊地盤，而且還剛好擋住了我們的去路。雖然不是不能繞路，但這樣可能會在條件更惡劣的地形遭到襲擊。

……那麼，該怎麼辦呢？」

密里根轉頭向學弟妹們確認。在她的注視下，三人瞬間交換了一下視線，然後同時點頭——既然很可能在其他缺乏立足點的地方被迫開戰，那不如選擇這裡。現在還能將敵人引到剛才那塊「空地」上。

「看來我又問了多餘的問題——好，那就上吧。這次我只會負責支援，由你們三個來打倒那隻合成獸。」

密里根點個頭往後退了一步，以充滿期待的眼神提出建議。

「我想你們也看出來了，那和來到第二層前遇見的合成獸是不同類型，明顯是設計來殺傷敵人。實力和需要的戰術都和之前完全不同，更重要的是『輸了就會死』。你們就抱持這樣的覺悟去挑戰吧。」

儘管都是些早就知道的事實，這些話還是為奧利佛帶來沉重的壓力。少年努力讓因緊張而變遲鈍的手腳振奮起來，瞪向接下來要面對的合成獸。

「……牠還沒發現我們，要再觀察一段時間嗎？」

「……不，身體構造已經確認得差不多，也看過牠和魔獸的戰鬥了。現在情況分秒必爭，而且也無法期待能再收集到更多情報。」

奧利佛做出判斷，轉身走回空地……幸好這裡不只空間寬廣，還有土壤可以利用。他看著地上的腐葉土，在心裡這麼想著。

「兩位，一起戰鬥吧——我們要打倒那隻合成獸。」

說完後，他從行李裡拿出器化植物的種子，灑到空地各處。

「**茂密繁盛！**」

受到咒語的影響，種子接連發芽，每個地方都長出三棵樹木，形成數個矮小的障壁——這些障壁除了能當成我方的遮蔽物，也能稍微妨礙體型龐大的合成獸行動。儘管只是些應急處理，但有沒有還是差很多。

「……都準備好了吧！」

他回頭向同伴確認。奈奈緒和雪拉都用力點頭。奧利佛立刻舉起杖劍。

「——**瞬間爆裂！**」

少年頭上爆出一陣閃光，這就是戰鬥開始的信號。原本正在大啖魔猿屍體的合成獸抬起像螳螂的頭，直線衝向「空地」。

「由在下打頭陣！」

奈奈緒拔刀後，在空地中央迎擊合成獸。對手先發制人揮下的鐮刀被少女輕鬆躲開，但奧利佛開口警告：

「牠要發射針了！」

如同他的預測，合成獸朝躲開攻擊的奈奈緒發射身體表面的針。那些用高壓氣體發射出來的針，長度超過二十公分。從發射的力道來看，應該能貫穿用魔法加工過的長袍。如果被射中，不是重傷就是致命傷——

「呼……！」

奈奈緒躲到附近的遮蔽物後方，器化植物的障壁幫她擋下了那些針。遮蔽物發揮了如同預期的效果，讓奧利佛忍不住輕聲叫好。以奈奈緒的實力，應該也能用刀彈開那些針——但如果戰鬥時間拉長，有遮蔽物就能大幅降低被射中的風險。

「這樣就好！奈奈緒，別急著分出勝負！」

「了解！」

少女在回答的同時，衝出遮蔽物。原本打算對障壁揮下的鐮刀，將目標轉向奈奈緒。雖然她再次側跳躲開，但這次沒有針飛過來。在合成獸與魔猿戰鬥時，他們就看出這種針必須等體內重新填充好氣體才能再次發射。

「**風槍貫穿！**」「**瞬間爆裂！**」

奧利佛和雪拉同時用咒語發動攻擊。他們從作為素材的魔獸的身體構造，推測出這隻合成獸的要害集中在上半身。然而——兩人發出的魔法都沒有貫穿合成獸的身體，直接被彈開。

「真硬……！」「跟預期的一樣！剝下牠的外骨骼，攻擊神經節吧！」

兩人早就猜到單節咒語無法對牠造成傷害。合成獸將視線轉向立刻開始詠唱下一個咒語的兩人，不過——東方少女沒有放過牠將注意力轉移到其他地方時露出的破綻。

「您的一隻腳，就由在下收下了！」

奈奈緒立刻衝上前，筆直砍向眼前敵人的腳。合成獸的一隻腳被從中砍斷，就這樣掉落地面。

「奈奈緒果然厲害！」

「唔——」

然而，光是砍斷一隻腳還不足以讓合成獸失去平衡。巨大身軀毫不動搖地發射大量的針，奈奈緒再次衝進遮蔽物後方，千鈞一髮地躲過攻擊。奧利佛一臉嚴肅地想著——雖然剛才成功閃躲，但近距離戰鬥會增加被射中的風險。更重要的是——合成獸馬上就從被切斷的地方長出新的腳。

「果然再生了……畢竟是戰鬥用的類型，再生能力也很強。」

「既然無法破壞牠的平衡，那攻擊腳的風險和回報實在不成比例。奈奈緒，下次換攻擊其他地方。」

「知道了……原來如此，這就是所謂從嘗試中學習吧。」

即使承受風險，也不一定會有回報。親自體驗過這件事後，東方少女重新舉起刀。或許是為了報斷腳之仇，合成獸的注意力仍集中在奈奈緒身上。奧利佛和雪拉利用這點。

「**烈火燃燒！**」「**冰雪狂舞！**」

兩人分別使出火焰咒語和冰雪咒語。他們預測對手的行動，輪流朝同一個地方施放性質相反的咒語。外骨骼才剛被燒焦，就立即暴露在冷空氣中——兩人看準時機，一同喊出：

「「**瞬間爆裂！**」」

這次他們瞄準剛才用咒語擊中的地方，同時使出爆裂咒語，除了爆裂的聲音以外，還能聽見某種東西裂開的清脆聲音。兩人緊張地抬頭往上看——發現合成獸有一部分的外骨骼像瓷器般裂開，露出底下的黃色體組織。

「碎裂了！看來能透過溫度差讓外骨骼變脆弱！」

「趁牠再生前，繼續用咒語攻擊！**雷光奔馳！**」

奧利佛和雪拉立刻展開追擊，但第三次瞄準相同地方發出的咒語，被合成獸敏捷地用還有外骨骼的地方彈開。合成獸同時揮出鐮刀，兩人沉穩地往後跳，躲過這個足以將他們的身體砍成兩半的攻擊。

「牠會保護受損的地方……！」

「但裝甲再生得比腳慢！只要不斷增加破損的地方就行了！」

雪拉將這視為好的結果，再次開始詠唱咒語。奧利佛也毫不猶豫地配合她的攻勢。

同一時間，密里根坐在「空地」旁邊的樹枝上觀看他們的奮戰。

「……嗯，嗯。不錯——非常好。」

魔女看著三人忙碌戰鬥的樣子，開心地低喃。雖然是與初次見到的合成獸戰鬥，但這些學弟妹依然表現得非常好，遠遠超出她的期待。

「奈奈緒幫忙吸引敵人的攻擊，讓奧利佛和雪拉能夠不斷嘗試不同的戰術。從對手的外觀判斷必須先破壞外骨骼才能確實造成傷害，這是正確答案。評估過風險和回報後，乾脆地放棄破壞腳部這點也很棒。」

魔女臉上的笑容變得更深了——和之前與自己交手時相比，東方少女的攻勢變得更加銳利，少年的技巧也精湛許多。縱捲髮少女的表現也不輸他們。雖然還有許多不熟練的地方，但這些缺點也不斷在戰鬥中改進。

「只看我示範過一次，就能戰鬥到這種程度，你們的適應力實在令人驚訝。不過——不曉得你們知不知道。面對陌生的對手，在能看見勝算的時候才最危險。」

戰鬥持續了十多分鐘。等奧利佛事先設置的器化植物幾乎都被破壞殆盡時，他們與合成獸的戰鬥也即將步入尾聲。

「真是頑強！明明已經對內部造成十次以上的傷害……！」

「不，確實有奏效！發射的針也變少，差不多該給牠最後一擊了！」

看穿對手已經「把針用光」的少年做出決斷——既然是在體內產生，針的存量就一定有限。何況對手至今的戰鬥中已經用掉大量的針，與魔猿的戰鬥應該也消耗了不少。

外骨骼破損的地方已經超過十處，咒語對內部造成的傷害也讓牠的動作逐漸變慢。差不多該分出勝負了——少年如此確信，對兩名少女下達指示：

「我從正面承受牠的攻擊！妳們先分頭繞到側面！」

「知道了！」「了解——！」

奧利佛代替奈奈緒站到敵人正面。合成獸變得像受傷的野獸般發狂，兩名少女從左右兩側一齊發動攻勢。

「**瞬間爆裂**！」「喝啊啊啊啊！」

雪拉發動震耳欲聾的爆裂咒語，奈奈緒則是再次瞄準敵人的腳。已經將針用盡的合成獸沒有選擇，只能揮舞雙臂的鐮刀抵擋左右的敵人。然而兩人從容躲開——與此同時，奧利佛直接衝進對手懷裡。

「——**茂密繁盛**。」

他用左手將種子灑向左右兩方，低聲詠唱咒語，但並沒有馬上發生什麼事。接著合成獸發現少年的存在，從上方將頭湊了過來。沒錯——既然針已經用盡，雙臂又用來應付左右兩側的敵人，那就只能用牙齒咬死底下的獵物。

像螳螂的頭宛如要直接撞上地面般快速逼近。奧利佛一直等到差點就要被咬到時，才用腳底發動墓碑踏步往後跳——

「——SHAA？」

與此同時，從左右兩側的地面長出來的器化植物困住合成獸的脖子。少年利用延遲發動的技巧，讓咒語在詠唱完後又過了一段時間才發動。樹木阻止了合成獸把頭伸回去，讓牠的上半身毫無防備地暴露在奧利佛面前。少年從一開始就知道敵人的要害位於何處。亦即被當成這個合成獸素材的魔獸，其中樞神經節的位置——

「——就是這裡！」

奧利佛滑進地面與敵人頭部之間，瞪向敵人的要害。馬上就能分出勝負了。他立即舉起右手的杖劍——

「——唔！」

下一個瞬間，像是在嘲笑少年般，他準備刺下去的地方居然出現「一堆針」。

密里根聽見已經覺得習慣的發射聲。光是這樣，就足以讓她明白狀況。

「——唉，真可惜，果然中招了。」

密里根嘆了口氣拔出杖劍，然後停止旁觀跳下樹枝——正因為學弟妹們之前都表現得很好，才更讓她覺得遺憾。沒想到他們居然在最後失手。

「沒辦法，那機關實在太惡毒了。奧菲莉亞從以前就是這樣，每次設計合成獸時都會連『被敵人看穿弱點的狀況也一併考慮進去』。

奧利佛，拜託你可別一擊就被殺掉。我馬上來救你——」

然而準備介入戰鬥的密里根走到一半，就在離合成獸約十碼的距離停下。眼前的景象讓她驚訝地睜大眼睛，不只是右側的人眼，就連藏在前髮底下的蛇眼也一樣。

「——哈哈。不會吧？」

「——『這招也在我的預料之內』。」

奧利佛開口說道，他用「拿在左手的外骨骼碎片」擋住了最後的突襲。

少年早就預料到這個發展，在戰鬥中準備好了這個——他事先「用杖劍從奈奈緒砍飛的腳上切了一塊外骨骼」藏在懷裡……雖然魔獸的體組織在離開本體後就會迅速劣化，但還是能趁新鮮時利用領域魔法恢復原本的強度。雖然無法保證這塊小盾牌能擋住所有的針，但至少可以護住要害。

「ＳＨＹＡＡＡＡＡ！」

合成獸像是領悟到自己將死般發出吼叫——既然最後的陷阱已被破解，那牠再也無力抵抗。

「——**冰雪狂舞！**」

奧利佛將整把杖劍刺入合成獸體內，詠唱最後的咒語。劍尖貫穿外骨骼，在體內放出寒氣，只花幾秒鐘就凍結了掌管魔獸生命活動的部位。合成獸的眼睛失去光輝——奧利佛一往後跳，那道巨

大的身軀就無力地倒下。

「……我們贏了嗎？」

雪拉沒有放下杖劍，看著眼前的景象問道。奧利佛低頭看向動也不動的屍體幾秒後，保險起見又用咒語攻擊相同的地方一次才乾脆地點頭。

「嗯，贏了——我凍結並破壞了牠的中樞神經節，牠已經徹底死亡。」

奧利佛在說出這句話的同時放鬆下來，並感覺全身突然變得非常沉重。還是一樣神采奕奕的奈奈緒筆直衝向少年。

「幹得漂亮，奧利佛！」「奈奈緒，還是妳比較厲害。」

面對面的兩人一同舉起右手，用力交叉。奧利佛直到這時候才總算開始有獲勝的感覺。

「雪拉，妳果然也很強——哇？」「唔喔？」

奈奈緒和奧利佛正打算轉頭稱讚另一個同伴，突然感受到一股出乎意料的衝擊。仔細一看——原來縱捲髮少女一來到兩人身邊，就感動地用力抱住他們。

「……贏了……我們打倒牠了……！我們三個人，打倒了那個可怕的合成獸……！」

雪拉發出充滿歡喜的聲音。過不久，密里根拍著手來到抱在一起感受成就感的三人身邊。

「恭喜你們初戰告捷。哎呀——第一次戰鬥就能有這種表現，實在是讓我大吃一驚。」

「……密里根學姊……」

「坦白講，你們這次只要能破壞外骨骼並消耗合成獸的體力就算及格了。我本來打算在奈奈緒無視風險發動危險的攻勢，或是雪拉被迫變身成精靈體時介入。

結果沒想到你們直到最後都不需要我幫忙。害我這身幹勁不曉得該去哪裡宣洩。」

儘管嘴上說得很遺憾，但密里根的嘴角仍掛著笑容。自己指導的學弟妹表現得比預期還好——作為照顧他們的學姊，密里根單純為此感到高興。

「那就繼續前進吧——看來你們的冒險還沒結束。」

密里根告訴大有成長的學弟妹們可以繼續前進，並率先踏出腳步。三人也懷著嶄新的自信跟在她的後面。

第三章

Salvadori
淫魔的後裔

「……喂，你看。」「嗯，那就是傳聞中的……」

畏懼、嫉妒、好奇和厭惡。打從奧菲莉亞進入金伯利就讀，周圍的學生就經常用摻雜這些感情的視線看她。

「這味道，感覺好像整個人都要被吸引過去……」「喂，別隨便靠近她。小心被她誘騙。」

「她真的願意幫任何人生孩子嗎？」「這不算什麼吧，畢竟她連對魔獸都能獻身。」

這時候還有些不怕死的人，會在本人聽得見的地方說她壞話。儘管覺得刺耳，但她選擇對這些噪音充耳不聞。相對地，她一直瞧不起周圍的人。認為就是因為他們的血統和精神太過軟弱，才會聚在一起說別人的閒話。

「那、那個，Ms.薩爾瓦多利……」

「——什麼事？」

即使偶爾有人向她搭話，她也只會以輕蔑的態度回應。結果她光是一開始瞪別人一眼，大部分的人就會落荒而逃。其實入學以來的這半年——除了卡洛斯以外，她根本沒和其他人好好說過話。

「……莉亞，妳都沒交到朋友呢。」

「……囉唆。」

早一年入學的卡洛斯只要有空就會去找奧菲莉亞，他今天也陪她一起在空教室吃午餐。奧菲莉亞最討厭的地方就是有許多學生聚集的餐廳，所以總是找沒什麼人的地方用餐。

「我知道大家對薩爾瓦多利家本來就沒什麼好感，但妳自己築起的牆也太高了。要不要試試看對人友善一點？這樣一定會有些好奇心旺盛的人跑來找妳。」

「我不需要朋友。男人我要多少有多少，這樣就夠了吧。」

說完後，少女小口吃起了夾著乳酪的瑪芬蛋糕。她入學前抱持的淡淡期待，早就在這半年裡徹底消散，讓她對與別人交流這件事變得非常消極。卡洛斯困擾地搖搖頭。

「就算妳覺得無所謂，我也無法接受。我想看莉亞被朋友圍繞露出笑容的樣子。從第一次見到妳開始，這就一直是我的夢想。」

「別擅自懷抱這種噁心的夢想啦……總之不管你怎麼想，我都不打算交朋友。」

少女將吃到一半的瑪芬丟進野餐籃，不悅地別過臉。卡洛斯看著她鬧彆扭的側臉，陷入沉思。

「……我知道了。但我應該可以介紹我的朋友給妳認識吧？」

「隨你高興。反正我會忽視他們。」

少女沒有將臉轉回來，直接冷淡地回答，但卡洛斯聽見後就露出笑容。他像是早就在等少女答應般立刻走出教室，在奧菲莉亞愣住的期間帶了一個學生回來。

「我把人帶來了——艾爾，她是奧菲莉亞，請你自我介紹一下吧。」

「嗯。」

在卡洛斯的催促下，一個少年走到奧菲莉亞面前。他擁有高大寬厚的身材，明明不捲翹卻讓人覺得很硬的黑色頭髮，以及會筆直凝視對方到讓人覺得討厭的黑色眼睛。少年散發出無言的魄力，讓坐在椅子上的奧菲莉亞忍不住稍微往後仰。

「我是二年級的艾爾文・戈弗雷。奧菲莉亞，很高興認識妳。聽說妳不喜歡別人用姓氏稱呼妳，所以雖然有點失禮，但請讓我直呼妳的名字。」

叫戈弗雷的少年認真報上姓名後，露出意外溫柔的微笑。他立刻想和奧菲莉亞握手，但後者只像是在觀察稀有動物般凝視著他伸出的右手。

「…………」

「我常聽卡洛斯提起妳。雖然只大一屆，但我還是妳的學長，如果關於學校生活有什麼不適應的地方，隨時可以找我商量……嗯？」

原本滔滔不絕的少年突然頓住，在沉默了幾秒後，他緩緩轉身拔出白杖。

「——**重擊胯下**（多羅爾）！」

他背對奧菲莉亞，朝自己的胯下使用劇痛咒語。然後那副高大的身軀，就這樣在少女面前直接癱倒在地。

「……唔……啊……！」

「……呃……咦？等、等一下，你這是在幹什麼？」

完全無法理解發生什麼事的奧菲莉亞，驚慌地從椅子上起身。趴在地上的戈弗雷額頭上滿是豆大的汗珠，但他還是咬緊牙關，用顫抖的手扶著地面起身。

「……非常抱歉。我居然對妳這個學妹產生了不該有的感情。我已經用等同於猛踢胯下的劇痛抹消那股邪念，還請妳務必原諒。」

少女聽見後，整個人變得目瞪口呆──這個男人是笨蛋嗎？雖然他請求自己的原諒，但打從一開始就沒人要求他這麼做。

戈弗雷搖搖晃晃地起身，不停做深呼吸舒緩懲罰自己時施加的疼痛。卡洛斯湊到愣在原地的奧菲莉亞耳邊低聲說道：

「……如何？是妳沒看過的類型吧？」

「…………」

少女在心裡坦率地認同。姑且不論其他部分，這點確實是毋庸置疑。這種明明沒有人拜託他，卻自己用劇痛咒語擊倒自己的笨蛋，即使找遍整個魔法界也不會有第二個。

最後戈弗雷用力吐了一口氣，重新轉向少女。他以像是什麼事都沒發生過般的清爽表情，再次要求握手。

「這個叫惹香的東西比想像中還要強烈呢──不過，這種東西只要靠幹勁就能克服。奧菲莉亞，以後還請多多指教。」

少年得意地挺起胸口，露出像是樂於接受挑戰的表情。奧菲莉亞在毫無防備的情況下直接看見那張臉，忍不住「噗哧一笑」，這是她有生以來第一次如此失態。

第一次見面時，奧菲莉亞覺得艾爾文．戈弗雷是個非比尋常的笨蛋，但她這麼想就錯了。不如說接下來才要開始——開始明白少年是個無法用常理衡量的笨蛋。

「早安，奧菲莉亞。一起吃早餐……**重擊胯下！**」

「午安，奧菲莉亞。妳已經會用圖書館……**重擊胯下！**」

「奧菲莉亞，妳看！這裡居然有妖精築巢……**重擊胯下！**」

自從兩人認識以後，戈弗雷只要在校內遇見她，就一定會重複這樣的過程。他絲毫不在意別人的眼光，當然每次也都會痛到倒地不起。

奧菲莉亞也明白戈弗雷這麼做是為了壓抑被自己的惹香喚起的慾望，但不管怎麼想，他的作法和堅持都太脫離常軌了……明知道只要見面就會痛到不斷掙扎，他還是每兩天會固定來見她一次。因為他實在是學不乖，奧菲莉亞甚至開始懷疑他該不會有那方面的性癖。

再加上他每次這麼做都會引發騷動，吸引周圍的注目，所以奧菲莉亞當然也覺得很困擾，但她還是提不起勁阻止——這個笨蛋到底打算持續到什麼時候。或許自己是想確認這個笨蛋究竟能蠢到什麼程度。

「妳好，奧菲莉亞。妳今天要在這裡吃午餐嗎？」

「……啊，嗯……」

距離他們第一次相遇，已經過了約兩個月。奧菲莉亞今天坐在位於校園角落的長椅上。在見面超過三十次後，少女這次也警戒著「那個」的到來。

「……呵呵呵呵……」

「……？」

出乎意料的是，戈弗雷一坐到少女旁邊，就開始發出詭異的笑聲。他在疑惑的少女面前用力握緊雙拳。

「……我克服了。我的本能終於向猛踢胯下的疼痛屈服了！」

少年為自己的成就吶喊的身影，讓奧菲莉亞看得目瞪口呆。沒想到——那個笨蛋終於成功了。

少年其實是在試著替自己建立條件反射。每次見到奧菲莉亞並產生邪念時，他就會用劇痛咒語來消除那股慾望。愈是對她產生慾望，就會痛得愈慘——他反覆持續相同的事，直到身體記住這個條件。

「這樣以後我就能更認真陪妳商量事情了。奧菲莉亞，妳什麼都能跟我說。妳眼前的我，已經不是那個每次見到妳就會抱著下腹部掙扎的男人。我已經跨越那個階段！如今身在這裡的，是嶄新的艾爾文．戈弗雷！」

「呃，那個……」

戈弗雷握著奧菲莉亞的手上下晃動，少女像是屈服於他的氣勢般，完全任他擺布。少年隔了幾秒才發現這件事，慌張地放開手。

「抱歉，我太高興了，所以變得有點興奮……我可以重新邀妳一起吃午餐嗎？當然要是妳不願意，可以直接拒絕我。」

他像平常那樣徵求少女的同意。面對這個認真的身影，奧菲莉亞用力吸了口氣——然後吐露出內心的疑問。

「……為什麼……」

「嗯？」

「……為什麼要這麼努力？應該還有更多輕鬆的方法吧？」

少女明確地問道。沒錯——這個人最笨的一點，就是他的努力根本毫無意義。

如果想要合理地追求相同的結果，可以用魔法藥或咒語等較為輕鬆的方法來抵抗。真要說起來，對少女起邪念這種事，只要裝傻蒙混過去就行了——若是討厭被惹香激起情慾，那只要別接近她就行了。不管從哪個角度來看，她都只能認為少年是主動選擇遭受不必要的痛苦。

面對少女的疑問，少年雙手抱胸思考了一下。

「……的確，我知道妳想說什麼。我也不認為自己的選擇是最好的方法。畢竟這兩個月我一想到要去見妳，身體就會發抖。如果有朋友跟我做一樣的事情，我一定會阻止他。」

戈弗雷對此也有所自覺，讓少女感到相當意外。此時，少年突然在她面前露出嚴肅的表情。

「不過，我這短短兩個月的痛苦，和天生就擁有這種體質的妳懷抱的苦惱相比，根本就不算什麼吧。」

「……唔……！」

少女的內心受到強烈的震撼——許多人都因為討厭惹香而避開她。然而，戈弗雷卻是除了卡洛斯以外，第一個替天生就擁有這種體質的她著想的人。

「所以這樣就好——為了能夠抬頭挺胸地坐在妳旁邊，還是先經歷一些辛苦比較好。」

戈弗雷以平靜的笑容說道。經過漫長的沉默，奧菲莉亞再次開口：

「……那麼，你費盡辛苦坐在這麼麻煩的女人旁邊，究竟是想做什麼？」

她試著提出一個壞心眼的問題，但戈弗雷瞬間露出驚訝的表情。

「麻煩？妳嗎？——哈哈哈，妳在說什麼蠢話！」

戈弗雷拍著大腿笑道。他努力忍笑，轉向一臉納悶的奧菲莉亞。

「聽好了，奧菲莉亞。真正麻煩的傢伙，腦中可是完全沒有這種可愛的想法。他們只會笑著來殺我。我去年的下半年，就遇到三次這種人。其中兩次真的差點死掉——唉，一想起來就開始覺得火大！」

戈弗雷在說這些話時，突然露出憤怒的表情。就在少女好奇去年究竟發生了什麼事時，戈弗雷收起情緒，重新看向她。

「我總覺得妳很見外，原來是在介意這種事。唉，雖然我最近在妳面前都表現得很丟臉——但這些都是我自己想做的事情，妳完全不需要在意。

我再重新問一次，可以和妳一起吃午餐嗎？」

少年再次詢問，少女猶豫了一會兒後輕輕點頭。戈弗雷露出燦爛的笑容，將原本放在長椅上的野餐籃移到腿上。

「我們來聊天吧。最近課上得怎麼樣？魔法生物學的老師很誇張吧？」

兩人就這樣開始閒聊……明明只是旁邊多了個學不乖的笨蛋，奧菲莉亞卻不知為何覺得那天的午休時間特別短。

＊

皮特在陰暗的牢籠裡尋找逃脫的方法，但最後的結論是光靠自己的力量絕對不可能辦到。他現在既沒有魔杖也沒有道具，不可能有辦法逃離高年級生的監禁。

明白這點後，下一步的行動就很明確了。

「……喂。醒醒啊，喂……！」

他試著搖醒被關在同一個牢籠裡的學生們。只要找人合作，或許就能突破困境，他想賭這個微薄的希望……然而無論他再怎麼努力，都沒有學生醒來，就算捏他們的大腿內側或拍打他們的臉也沒用。

試到第十個人後，還是沒有成功。皮特努力激勵自己快要陷入絕望的內心，用力對第十一個人的臉又捏又拉——下一個瞬間，情況終於產生變化。

「……唔……？」

「啊……你醒啦？很好，別睡，別睡啊……！」

這是第一個有反應的學生，皮特抱著死馬當活馬醫的心態呼喚對方。或許是他的努力奏效了，仰躺的學生原本茫然的眼神逐漸恢復焦點，看向皮特的臉。

「……你是跟奧利佛在一起的雜碎……這裡是……」

聽見對方這句話後，皮特才猛然驚覺——雖然因為這裡太暗，以及自己剛才太激動沒有察覺，但這個人是在一年級生最強決定戰中與奧利佛戰鬥的約瑟夫·歐布萊特。皮特想起這個人前不久才在迷宮內使喚蜜蜂攻擊他們，這讓他開始感到不安。

歐布萊特挺起上半身確認周圍後，表情一口氣變得嚴肅。

「……是薩爾瓦多利的工房啊。可惡，居然偏偏被抓來這裡……！」

歐布萊特在皮特面前掌握狀況後，突然開始檢查自己的全身。

「杖劍和白杖果然都被沒收了……我手邊還剩下什麼——唔！」

「你、你沒事吧？」

歐布萊特突然停止動作按住自己的頭，皮特連忙上前關心，但歐布萊特舉起一隻手制止了他。

「別吵，我沒事……這裡的空氣裡充滿惹香，只要稍微用力吸氣就會受到影響。除非對毒和魅惑有很強的抵抗力……」

歐布萊特在調整呼吸的同時說明，然後疑惑地看向皮特。

「……雜碎，為什麼你動得了？」

「咦……？」

「你沒自覺嗎……你看其他人都睡得這麼沉，那才是正常狀況。只要是男性就無法抵抗惹香，要不是被你這麼一鬧，就連我也醒不了。然而你卻能在這片瘴氣中自由行動，這實在有違常理。」

皮特聽了也覺得困惑。雖然他一直覺得這裡有股怪味，但並不會想睡。如果像周圍的學生那樣才是正常狀態，為什麼唯獨自己能夠倖免——他思考到一半，突然想起一件事。

「……啊……」

他反射性地用手摸索自己的身體，在發現事情跟自己想的一樣後僵住。

一直在旁邊注視的歐布萊特，像是看穿什麼般瞇起眼睛。

「——原來如此，我知道了。你不是男性吧？」

這句話讓少年大為動搖……但慌了一會兒後，才察覺現在不是在意這種祕密的時候。他猶豫了一下，然後下定決心向對方說明自己的體質。歐布萊特不滿地回答：

「哼，兩極往來者啊。這種體質給雜碎實在是太浪費了——但這樣我就明白了。薩爾瓦多利的合成獸以為你是男性，就把你抓了回來。然而在你被帶來這裡昏迷的期間，身體切換成女性，導致對同性沒什麼效果的魅惑被破解。事情的經過大概就是這樣吧。」

「既、既然你了解狀況，就協助我逃跑吧！有沒有什麼方法能逃離——嗯唔？」

皮特焦急地說道，但馬上被歐布萊特用手摀住嘴巴。

「別吵。你一點都不明白自己的立場——『你只要被發現就會死』。」

「……唔！」

「對薩爾瓦多利來說，你是個出乎意料的麻煩。因為她把我們抓來，是為了當成男人利用。」

歐布萊特摀著對方的嘴巴，冷淡地說明。皮特感覺就像被人從頭澆了一盆冷水，但還是只能繼續聽下去。

「從這種不顧後果的作法來看，薩爾瓦多利的精神恐怕早就不正常了。無法期待她會對稀有的兩極往來者產生興趣，或是對學弟妹手下留情——這點只要看那個就知道了吧。」

歐布萊特鬆開手，看向肉柵欄的外面。皮特跟著轉頭後，就再次看見那個剛才已經確認過的可怕景象——一群學生被脫光衣服釘在牆上，身上還被接了許多肉管子。在那些人當中，也包含了之前在迷宮內與奈奈緒激戰的少年。

「……Mr.威爾諾克……」

「半狼人強悍的生命力正好適合拿來榨取，跟你完全相反呢。我們所有人都是為了這個目的被帶來這裡，只是用完就丟的消耗品。」

歐布萊特說出赤裸裸的事實。皮特嚥了一下口水陷入沉默。

「看來你總算明白了，這樣就好——坦白講，我們現在可以反過來利用這個狀況。你能在這片瘴氣中自由行動，是出乎所有人意料的鬼牌。」

讓皮特也能明白現狀後，歐布萊特開始說明要如何打破這個狀況，他緩緩將指尖刺入自己的側腹，讓原本以充滿期待的視線看向這裡的皮特大吃一驚。

「你、你幹什麼……！」「閉嘴，乖乖看就對了！」

歐布萊特用指尖在體內摸索了一陣後，從裡面拿出好幾顆小球。他手上現在共有四種沾滿鮮血、顏色不同的球體，那些透明玻璃球內似乎裝著什麼。

「這是我為了應付魔杖被人拿走的狀況，事先做的準備。兩種是炸裂球——只要注入魔力就能引發小規模但威力強大的爆炸。可以用這個破壞牢籠。一種是煙霧球，能噴出煙阻擋敵人的視線，製造逃脫的機會。最後一種是救難球，能發出吵鬧的聲音和魔力，向附近的同伴呼救。」

歐布萊特將手伸向聽得目瞪口呆的皮特。

「這些全部交給你。看這個狀況，我自己留著也沒用。」

「……啊……」

皮特反射性地伸出雙手，收下八顆球。因為原本是放在體內，所以皮特的手還能感覺到些許溫度。他覺得自己背負著莫大的責任，驚訝地呆站在原地，歐布萊特繼續嚴肅地說道：

「我們要等待機會，瞄準薩爾瓦多利離開工房，無法馬上回來的時機行動……首先可以確定的是，高年級生應該也來到同一階層搜救了，只要讓他們知道我們在這裡，就能逆轉狀況。」

這是唯一也是最大的希望。說明完基本方針後，歐布萊特像是突然想起什麼般看向皮特。

「既然我把性命託付給你這個雜碎了，就問一下你的名字吧。你叫什麼？」

「……皮特．雷斯頓。」

少年語氣僵硬地回答。歐布萊特一聽，就傲慢地說道：

「皮特啊——如果能夠脫離這個險境，我就記住你的名字吧。」

一隻巨大的合成獸推倒樹木穿越森林，持續撼動地面。在離牠的前進路線有段距離的樹蔭底下，躲著兩個學生。

「……牠總算通過了，真可怕。」

一個身高較高，看起來像高年級生的女學生低喃道。趴在她旁邊的少女迅速起身，繼續朝森林內前進，年長的女學生連忙追了上去。

「喂，走的時候小心一點……！如果被發現，真的會很不妙！」

「沒時間了！必須快點去救費伊……！」

這位語氣顯得十分焦急的少女，正是曾在之前的一年級生最強決定戰中與雪拉交鋒的史黛西．康沃利斯。就像奧利佛他們那邊的皮特一樣，她的夥伴——半狼人少年費伊．威爾諾克也被合成獸抓走了。

年長的學生追上少女後，用力嘆了口氣。

「這我知道……唉，帶妳進來真是太失敗了。都是因為平常那麼囂張的妳，居然會難得低頭求我幫忙。」

嘴巴上不斷抱怨的女學生，和眼前的少女出自同一家庭。她叫莉涅特・康沃利斯——是比妹妹（史黛西）大三歲的康沃利斯家千金。

妹妹不顧危險急著趕路，讓莉涅特不悅地噘起嘴巴。

「……妳還真是執著呢。妳養的狗有重要到讓妳這麼拚命嗎？不過是隻從路上撿回來的半狼人，替代品要多少有多少——」

史黛西迅速轉過頭，惡狠狠地瞪向自己的姊姊，莉涅特舉起雙手表示投降。

「……看來並非如此。好好好，我知道了，都是我的錯。」

史黛西聽完沒說什麼，繼續默默趕路。明明可以直接結束話題，但莉涅特還是學不乖地繼續向妹妹搭話：

「我真搞不懂妳。明明只要搬出康沃利斯的名號，想找幾個男人都不是問題。而且無論妳再怎麼疼愛他，都不可能幫他生孩子吧？雖然爸爸討厭妳，但妳在康沃利斯家還是備受期待的人才。」

「…………」

「還是妳想乾脆捨棄這個家？放棄康沃利斯，去當麥法蘭的孩子？妳就是為了這個目的，才會一直纏著西奧多叔叔吧……唉，妳就好好努力吧？雖然不管妳再怎麼囂張，我都不認為妳有辦法打敗本家的米雪拉大人取代她的地位——」

莉涅特說這些話完全是為了挑釁，但妹妹意外地毫無反應，讓她不悅地咂嘴。

「喂，不要忽視我啦……唉，我從以前開始就一直和妳聊不來。明明我在家裡偶爾也會向妳搭話，妳卻完全不理我。」

莉涅特在抱怨的同時想起一件事。很久以前，米雪拉．麥法蘭造訪自己家時，妹妹曾經做了一個花冠，送給當時就顯得才華洋溢的本家少女。

收禮的一方非常開心，送禮的一方則是顯得害羞……比起自己和妹妹相處的時候，那兩人看起來更像一對融洽的姊妹。

「……明明也可以做一個給我。」

「……？」

史黛西一聽見這句話，就疑惑地回頭看向姊姊。莉涅特像是在逃避妹妹的眼神般別開視線，聳肩說道：

「沒事，快點走吧。妳不是很急嗎？」

同一時間，先一步抵達第二層的奧利佛等人，即將面臨這一層最後的關卡。

「──那麼，終於要到第二層的終點了。」

帶頭的密里根如此說道。他們已經穿越森林，周圍的草木也變得愈來愈矮。雪拉突然看向腳底的土壤，困惑地皺起眉頭。

「……感覺這附近植物少了很多，也沒有生物的氣息。」

「嗯，明明這裡也有土壤，真是奇怪——密里根學姊，這是怎麼回事？」

同樣覺得不對勁的奧利佛一提出問題，密里根就停下腳步。

「要說明也可以——但應該說百聞不如一見吧。」

魔女才剛說完，四人腳下的地面就開始晃動。奧利佛納悶地看向腳邊，發現從土裡伸出一隻已經化為白骨的手。

「——什麼——？」

少年驚訝地往後跳，但這場異變才剛開始。

在他們視力所及的範圍，到處都有只剩下蒼白骨頭的手腳破土而出，接著就看到一堆拿著劍或長槍，身穿古代戰鬥服的白骨士兵接連撥開土壤起身。這數量至少也有幾千人——突然出現大量死者，讓雪拉驚訝地睜大眼睛。

「是骸骨使魔（Spartoi）……？怎麼會有這麼多！」

「很壯觀吧？唉，現在還不用擔心。他們是『我方陣營的人』。」

與眼前的狀況相反，密里根冷靜地說出莫名其妙的話。在困惑的奧利佛等人面前，魔女朝地面施放咒語做出一個高臺，然後跳上去看向這群死者的對面。

「你們看，『對手』也開始列隊了，要仔細觀察雙方的布陣喔。」

三人模仿密里根，用咒語做出高臺眺望遠方，然後發現在與眼前這些死者隔了一段距離的地方，也開始出現另一群骸骨士兵。兩個集團的士兵身穿不同風格的戰鬥服，並擺出陣形互相對峙。

「雙方都拿著武器布陣——這是戰爭啊。」

「奈奈緒，妳這樣想就對了。這裡就是第二層最後的關卡——通稱『冥府戰場』。」

密里根開心地公布真相，緩緩轉向其他三人。

「我簡單說明一下規則。這裡有兩支由大量骸骨使魔組成的軍隊，你們要作為其中一方的士兵戰鬥。目的是讓自己所屬的軍隊獲勝。說得更具體一點——只要打倒敵人的將領就算贏，自己軍隊的將領被打倒就算輸。」

奧利佛倒抽一口氣——在視線所及之處全都是死者，而自己居然要參加他們的戰爭。密里根無視他的恐懼，若無其事地繼續解說：

「雖然現在被敵軍擋住看不見，但只要戰勝就能打開通往第三層的門。需要特別注意的是，使用掃帚算犯規，一用的話會直接被判輸，所以要小心。如果打輸了，就要等三小時才能參加下一次戰爭。

順帶一提，如果什麼都不做，你們的陣營一定會輸。這遊戲的主旨就是要靠你們自己的力量顛覆這個結果。你們就好好思考，加油吧。」

魔女說完後，就直接從呆站在原地的學弟妹們旁邊經過。三人跟著看過去後，發現她已經在離這裡約二十碼的位置找了個地方觀戰。

「抱歉，我沒辦法幫忙。我今年初已經通過考驗。只要獲勝一次，接下來整年都能直接通過，相對地這段期間不能參加遊戲。」

奧利佛瞬間板起臉。換句話說，他們必須靠三個一年級生的力量突破這道關卡。

「如果真的快輸了，我會去幫忙。到時候你們就無視規則逃回來吧。啊，當然也要小心別被敵兵殺掉。」

魔女補充說明完後，一道低沉的號角聲響徹寬廣的空間。

「已經吹號角了——再五分鐘就會開始，想開作戰會議就趁現在吧。」

密里根提出這個忠告後就緘口不語。明白已經沒有時間可以浪費的三人，立刻互望彼此。

「如果這是模擬戰爭的遊戲，那關鍵應該和下棋一樣。首先必須確認雙方的戰力(棋子)！」

「我贊成。先確認兩軍的布陣，以及周邊的地形吧！」

三人互相點頭，開始行動。他們各自從不同的位置觀察戰場，然後再重新會合。

「——是平原的會戰。地形沒有什麼特別之處，雙方的兵力也幾乎同等，但看起來對手配置在兩側的騎兵人數比我方多。」

「相對地，我方的前衛有其他種類的士兵……」

「從尺寸和骨骼來看，應該是一種叫劍角犀(sword rhino)的魔獸。雖然我只是個外行人……但我想應該會先用這些魔獸破壞敵人前衛的陣形，再派步兵一口氣攻進去吧。」

奧利佛沒什麼自信地如此說道。他對不含魔法戰鬥的戰爭可說是一竅不通，所以不確定自己的推測是否正確。當然雪拉也是一樣。

「我方的馬確實比較少，但我對普通人的戰爭不太了解，不曉得這是否為決定性的不利因素……密里根學姊說『放著不管一定會輸』。奈奈緒，妳覺得我方的敗因會是什麼？」

「唔唔唔……」

唯一有機會提出可靠見解的，就只有曾經歷過戰爭的東方少女。面對兩人緊張的視線，她雙手抱胸思考了約十秒鐘。

「……嗯，完全搞不懂！畢竟在下從來沒當過將領！」

最後她以清爽的表情如此說道。奧利佛沮喪地垂下肩膀，雪拉則是早早就重整心態。

「不需要模仿軍師。我們的目標很簡單──那就是思考怎麼打倒敵人的將領。」

這句話讓奧利佛也重新振作起來。沒錯，不能屈服於現場的氣氛。畢竟他們是魔法師。

「……將領周圍的士兵看起來都滿強的，應該是他的貼身護衛吧。他們的裝備和其他士兵不同，散發的魔力也不是同一個水準。如果輕率衝進去，或許會反過來被擊倒。」

「只能等兩軍衝突，陷入混戰的時候下手了──只要將距離縮短到咒語的射程範圍內，我就會一擊打倒敵方將領。」

縱捲髮少女充滿自信地說道。其他兩人也點頭贊成，此時號角再次響起。

「時間到了……就按照雪拉的方針進行吧。小心不要被捲入前衛的戰鬥，保持距離尋找狙擊敵將的機會。奈奈緒，這樣可以嗎？」

東方少女點頭回應奧利佛的確認。與此同時，排在他們陣營最前方的骸骨劍角犀也開始突擊。

「開始了……！」

魔獸們用已經變成白骨的沉重軀體踩踏地面，掀起一陣沙塵。如同奧利佛的預測，他們的陣營打算利用這波突擊先發制人。然而——接下來的發展馬上就推翻了他的預測。

三人仔細觀察戰況，發現劍角犀前面的敵方部隊迅速改變陣形，替魔獸開出一條路。那群劍角犀像被吸進去般順暢通過——幾秒鐘後，那群魔獸就從敵方隊伍的後方衝了出來，中途沒有撞倒任何士兵。

「……什麼！居然直接讓魔獸通過了！」

「看來敵人對突襲早有準備。從這調動兵力的方式來看——應該是由名將指揮吧。」

雪拉驚訝地睜大眼睛，奈奈緒則是對敵人精妙的用兵方法大感佩服。剩下的奧利佛心境則是和縱捲髮少女差不多——與此同時，他腦中冒出有哪裡不對勁的感覺。

「——……？」

就在他尚未釐清這個感覺時，兩軍的騎兵隊開始交鋒。雖然奧利佛早就知道己方的馬匹較少，必定會陷入不利，但實際的結果比想像中還要不堪一擊。在一開始的衝突落敗後，他們陣營的騎兵就背對敵人撤退了。

「騎兵也打輸了……！不妙，我們這邊明顯陷入劣勢！」

「不能再繼續觀望下去了！必須趕緊去助陣——**瞬間爆裂！**」

既然劍角犀的突擊落空，兩側的騎兵也戰敗，能夠依靠的主力就只剩下步兵了。兩軍的士兵拿著長槍與盾牌正面衝突，雪拉和奧利佛從上方用咒語掩護。爆裂咒語以拋物線的方式落入敵人部隊內部，炸飛了幾個骸骨士兵。然而——後續的士兵馬上填補了那個空缺，並未對整體的戰況造成任何影響。

「……不行！這種規模的戰鬥，就算用咒語掩護也無法改變大局！」

「在下可以到前線戰鬥——」

「住手，奈奈緒！與其讓妳這麼做，不如這次選擇逃跑！」

東方少女自然地想加入近身戰，但另外兩人抓住她的肩膀制止了她。不過——就在他們煩惱該怎麼辦時，眼前的戰況又改變了。雖然前列的士兵被敵軍衝散，但後列的步兵立刻補上，阻止敵人繼續前進。

「——等等，狀況又變了。」

「雖然前列的兵士被突破，但最後面的部隊堅守下來了。看來是一開始就將精兵排在後面。」

奈奈緒說的沒錯，新上前的步兵十分善戰。他們用圓形盾牌阻擋對手，奮力將敵人的部隊推了回去。雪拉見狀，便興奮地喊道：

「推回去了！輸贏尚未分曉！」

「…………」

另一方面，眼前的景象又讓奧利佛感到一股更強烈的不協調感。雖然原本只有模糊的印象，如今卻在他的腦中變得愈來愈清晰——最後形成一個答案。

「……是迪亞馬戰役。」

少年低喃道。另外兩人聽見後，同時轉頭看向他。

「……奧利佛，你剛才說什麼？」

「迪亞馬戰役，是紀元前三世紀在兩個古代大國之間進行的戰爭。替帝國與港國漫長的戰事分出勝負的一戰……我記得皮特有跟我說過。」

奧利佛搜索著記憶說道……之所以沒有馬上想起來，是因為這不是直接的記憶——這並非他自己的見聞，而是以前在日常對話中聽眼鏡少年提到的內容。

「我知道這兩個國家。這兩國都是聯合成立前就滅亡的大國。」

「沒錯。魔法師對這類戰史不太熟悉，但在普通人當中似乎很受歡迎。」

奧利佛在點頭的同時，想起了那場戰爭的詳情。在魔法師人數遠比現在還少的古代——國與國之間的戰爭會如何發展，主要是看如何運用普通士兵來決定。迪亞馬戰役更是兩位因緣匪淺的名將之間的對決。

「那場戰爭的流程，和眼前的戰鬥完全一樣。如果這不是偶然——難道是在『重現』那場戰役？」

奧利佛說完後就閉上眼睛，集中精神回想。皮特難得變多話時的聲音，開始在耳邊復甦。

——帝國的將領在之前的戰役中因為騎兵的包圍戰術吃足了苦頭，為了避免重蹈覆轍，他將與港國聯手的騎兵部隊挖角到自己的軍隊。港國的將領知道後，就改用劍角犀擔任前衛，但帝國將領巧妙調動士兵，在隊伍中間開了一條路讓劍角犀通過。劍角犀一旦加速就很難轉換方向，再加上訓練不足，之後幾乎全都沒有回歸戰鬥──

為了讓奈奈緒和雪拉了解狀況，奧利佛不斷說出回想起來的內容。兩位少女默默地聆聽。

──不過，港國的將領也不會一直挨打。因為敵方的騎兵數量占優勢，所以他避開正面衝突，刻意讓己方的騎兵一開始就撤退，把敵方騎兵這個最大的威脅引到戰場外側──

「那果然是策略啊。」

奈奈緒理解似的點頭。原來我方騎兵之所以這麼容易就撤退，是為了引誘敵方騎兵離開主戰場。確認她們都和自己一樣了解狀況後，奧利佛繼續說道：

「就結果而言，這場戰鬥只剩下步兵互相衝突。雖然港國一開始陷入劣勢，但還是靠配置在後排的精兵扭轉戰局。最後戰線拉成一條長長的橫線──就像現在這樣。」

奧利佛說到這裡暫時停頓，雪拉消化完這些資訊後開口：

「我們這邊是港國，敵方是帝國啊。那麼──之後結果怎樣？」

接下來才是關鍵。奧利佛繼續探索記憶，回答少女的問題：

「……我們這邊原本只差一步就能擊敗帝國的步兵，但帝國的騎兵在打倒港國騎兵後回到戰場，攻擊港國步兵的後方。我方的陣形瞬間崩潰──然後就分出勝負了。」

奧利佛的回想到此結束。在了解全部內容後，他將這些資訊連結到眼前的狀況。

「簡單來講，結論就是──『如果不阻止敵方騎兵回來，我方就會照歷史發展那樣落敗』。」

推導出來的答案十分簡單。三人同時轉向後方，觀察離主戰場有段距離的騎兵隊的狀況。他們這邊的騎兵忠實地執行命令，努力牽制數量遠勝自己的敵人，但馬上就要被敵人殲滅了。

「──有什麼方法能夠扭轉戰局嗎？」

「我一時想不出來。奈奈緒，妳有什麼建議嗎？」

「這個嘛。如果只用三個人就想阻止騎馬隊的突擊──那真的只能靠魔法了呢。」

奈奈緒根據自己的戰場經驗坦率回答。即使明白無論多優秀的軍師都無法扭轉現在的狀況，奧利佛還是握緊拳頭與現實對抗。

「沒錯，但我們是魔法師，所以──一定還有辦法。」

少年毅然地如此說道。他還沒有認輸，這讓兩位少女也跟著燃起鬥志。

「……入學典禮那天用的咆哮，派得上用場嗎？」

「三個人施展威力可能會太弱。即使威力足夠，那畢竟是訴諸生物生存本能的招式，對死靈應該無效。」

「我的二節咒語也無法阻擋所有的敵人……直接迎擊應該是不太可能成功。若只是要拖延敵人的腳步，不如對地形下手如何？」

「我也這麼覺得，但靠防壁咒語打造的牆不夠堅固，現在也沒時間做出那麼長的防壁。」

牆壁不夠堅固會被破壞，長度不夠敵人就會繞路。明明兩方面都很花時間，現在卻必須同時滿足這兩個條件。就連思考的時間都所剩無幾。在他們的視線前方，還活著的騎兵現在也不斷減少。

「『在平地交鋒是愚行，對付馬就要在森林』——雖然不曉得有沒有幫助，但是父親曾經這麼說過。」

奈奈緒輕聲說道。奧利佛一聽見這句話，腦中就有了想法。

「森林——原來如此，是樹木！」

他同時將手伸進包包，裡面有裝著大量器化植物種子的束口袋。他看向也帶著一個相同袋子的縱捲髮少女，對方立刻就明白他的意圖，打開自己的包包。

「雪拉，妳知道該怎麼做吧？」

「嗯！用延遲發動配合時機吧！」

「剛好一百秒整！奈奈緒，妳留在這裡待命！」

對東方少女下達完指示後，奧利佛和雪拉各自朝左邊和右邊衝了出去。他們從袋子裡拿出種子灑在腳邊，舉起杖劍對那裡詠唱咒語。

「『**茂密繁盛**！』」

奔跑，灑下種子，詠唱咒語。兩人各自朝相反的方向跑了約五十碼，並反覆執行這樣的流程。少年抽空確認狀況——我方的騎兵已經被殲滅，敵方的騎兵隊組成縱隊趕了回來。從距離來看，大概只剩下十秒。

「一定要趕上！——**茂密繁盛**！」

奧利佛詠唱最後的咒語，雪拉也同時在另一側結束作業——就在這一瞬間，他們剛才跑過的地方「一齊長出樹木」，連成一條直線。枝幹的前端在成長後彎曲，刺入地面，這些樹以一定的間隔連結在一起，立刻形成一面長達一百碼的臨時柵欄。

突擊的路線上忽然出現障礙物，讓敵方騎兵完全反應不及。隊伍前方的馬兒甚至沒時間減速，用力撞上器化植物的柵欄——然後分散碎裂成無數骨頭。後面的騎兵被那些骨頭絆倒，迎來相同的結局。雪拉看見後，開心地喊道：

「千鈞一髮……！成功了，奧利佛！」

少年也忍不住舉起拳頭——又被凱幫了一次。器化植物的優點是方便，以及使用時只需要耗費少量魔力。因為種子會自己吸收土壤的營養成長，使用者只要用少量魔力發動咒語，給器化植物發芽的契機就夠了。雖然前提是要有肥沃的土壤，但只要滿足這個條件，就能造出遠比防壁咒語堅固的柵欄。

這一帶的地面乍看之下十分荒蕪，但這是因為骸骨士兵會反覆從土裡復活踩踏地面，並不是土壤本身貧瘠。根據至今觀察到的第二層的特性，潛在的地力應該是足以讓器化植物成長。再加上凱的器化植物在之前與合成獸戰鬥時也有派上用場，品質值得信賴。綜合以上的要素，這絕對不是一場魯莽的賭博。

「很好……！上吧，奈奈緒！趁騎兵回來之前打倒敵將——」

度過眼前的困境後，奧利佛轉身準備反擊。然而——在他的視線前方，東方少女已經不在剛才與他分開的地方。

因為騎兵沒有從背後攻擊港國的士兵，這場由骸骨士兵重演的戰役開始變得與史實不同。若單純只看步兵的戰力，精兵較多的港國原本就占優勢。結果為了抵擋敵軍的攻勢，帝國這邊被迫讓將領的貼身護衛也加入戰局。

——？

此時，率領死者軍隊的將領像是察覺什麼般，停下腳步環視周圍……戰況已經混亂到沒有戰術介入的餘地。陣形到處都是破綻，就算敵兵突然衝到將領身邊也不奇怪。在這樣的狀況下，將領毫不鬆懈地將注意力放在自己手裡的劍上。

「——您的首級，在下收下了。」

一道凜然的聲音響起。負責護衛的士兵被砍成兩半，一位手裡拿刀的少女衝進防守的破綻。將領根本來不及用劍應付對手的襲擊。

被砍下的頭蓋骨掉落地面，在少女著地後滾到她的腳邊。沒有眼珠子的空虛眼窩凝視著少女的背影——此時，少女突然聽見一道聲音。

——幹得漂亮。真希望能在還有肉體時遇見妳，嬌小的勇者啊。

就在奈奈緒接受這句讚美的瞬間，戰場上的所有骸骨士兵一齊崩壞。等骨頭碰撞的聲音平息後，就只剩下由白骨堆成的小山。面對這些恢復正常姿態的死者，雪拉茫然地放下杖劍。

「……結、結束了嗎？」

面對這個結局，少年也只能默默呆站在原地。奈奈緒收刀入鞘，小跑步地來到他的身邊。

「抱歉，奧利佛。因為敵人的護衛剛才露出破綻。」

「…………」

少女一開口就先道歉。奧利佛凝視對方的臉一段時間後，默默用雙手捏住她的臉頰。

「嗚咿。」

「……我並不懷疑妳對良機的判斷。即使如此——還是可以等和我們會合後，再衝進去砍人吧。」

少年滔滔不絕地對任憑自己捏臉的奈奈緒訓話。過不久，他放開少女的臉頰，用足以讓人感到疼痛的力量與關心抓住她的肩膀。

「拜託妳，奈奈緒，不要一個人深入險境……妳能平安無事比什麼都重要，甚至比勝利還要重要幾千倍，幾萬倍——」

「——奧利佛。」

奈奈緒像是要接受對方所有的心意般，凝視少年的臉。雪拉趕來這裡時，密里根也在同一時間拍著手與他們會合。

「恭喜你們突破第二層。在一年級的時候，就只靠三個人突破這個第一次見到的關卡，像你們這樣的學生絕對不多。你們真的很了不起。」

奧利佛放開奈奈緒，與少女一起轉向魔女。雪拉看著那堆白骨問道：

「……到頭來，那些骸骨使魔到底是什麼……」

「誰知道，到底是什麼呢？我不擅長死靈術，無法做出什麼評論，也不曉得他們的身分和持續重現古戰場的理由。利弗莫爾學長或許會知道些什麼。」

密里根乾脆地回答，但停頓了一下後，就露出詭異的笑容。

「如果硬要發揮想像力的話——或許那些將領意外地是本人呢。」

奧利佛一聽見這句話，就忍不住感到背脊發涼……兩名古代名將即使肉體腐朽化為白骨，依然想與宿敵決一勝負，並率領同為死者的軍團永遠戰鬥下去。如果事實真的是這樣——那一定沒有終結的一天。

「你們應該都累了，前面有個相對安全的野營地點，我們至今都馬不停蹄地在趕路，這次就稍微休息久一點吧。」

密里根說完後才剛踏出腳步，奧利佛就覺得疲勞瞬間從全身湧了出來。他們沒有花多少時間感受勝利的餘韻，就為了找休息的地方跟在魔女後面。

奧利佛等人來到位於第二層與第三層中間的洞窟，這是他們潛入迷宮後第一次正式休息，不僅在野營地中間生火，還煮了熱水泡茶。密里根拿出在第二層採的水果分給大家，但由於至今已經累積了許多疲勞，大家話都不多。

「──那兩個人一下就睡著了。她們的睡臉真可愛。」

魔女笑著看向在一旁熟睡的奈奈緒和雪拉。而在火堆對面，只有奧利佛一個人還醒著。

少年默默凝視火堆，密里根溫柔地向他搭話。

「奧利佛，你也去休息吧。我們剛才是直接通過第二層，但到了第三層就得四處搜索奧菲莉亞的工房。如果現在不睡，身體會撐不住喔。」

「……好的。但我想再看一下火。」

奧利佛回答後，繼續凝視火堆……他也知道應該快點睡，但還是睡不著。因為剛經歷過生死關頭，身體仍拒絕休息。

「情緒還很高昂啊。這也沒辦法。我再幫你泡一杯花草茶吧。」

「……對不起。」

奧利佛低下頭，為自己害別人擔心道歉。密里根用手邊的藥草調出有鎮靜作用的配方，在沖泡的時候開口問道：

「──話說，我可以問你一個問題嗎？」

「……什麼問題？」

「這只是單純的疑問。既然是來金伯利後才認識，表示你們每個人和皮特的交情都不長吧？」

奧利佛點頭肯定密里根的說法。魔女凝視著在茶壺裡泡開的茶葉，繼續靜靜說道：

「雖然現在問也有點晚了，但為什麼你們要為他做到這個地步……就算無法乾脆地放棄他，也可以把一切都交給戈弗雷主席他們處理。若他們失敗了也無可奈何，沒有人會因此責備你們。」

「…………」

「兩極往來者的體質確實非常罕見，但還不至於為了這點賭命。你們為什麼不惜這麼拚命，也要拯救皮特。」

這個問題，讓奧利佛的嘴角露出苦笑——因為他前陣子才被羅西說過相同的話。

「……妳應該還記得入學典禮時發生的事情吧。」

「那當然，畢竟是我改造過的巨魔引發的事件，我不可能忘記。」

「我們六人的緣分，就是從那件事開始。當時剛好在場的五個人，一起救了差點被馬可踩扁的卡蒂。」

「嗯。」

「在我們當中，只有皮特是出身普通人家。他腋下夾著給初學者看的魔法指南書，努力繃緊精神不讓自己被這裡的氣氛壓垮……他才剛成為魔法師不久，念的學校又是金伯利，應該是當時最沒有餘力的人。」

奧利佛在說話的同時，詳細回想起當時的事情……沒錯，奧利佛當時沒想到皮特會來幫忙。他沒有理由讓自己涉險。對當時的皮特來說，其他五人只是一群沒見過又很吵鬧的人。

「不過皮特沒有逃跑……明明馬可失控時，他應該是最害怕的人，就算像其他新生那樣逃跑，也不會有人責備他，但他還是留下來和我們一起戰鬥。」

這一定是出於純粹的善意。沒有任何盤算，只是覺得不能對眼前有危險的人撒手不管——是許多魔法師最先被消磨殆盡的感情。

「在金伯利這個魔窟第一天認識的朋友就是這樣的人，讓我覺得很開心。其他四個人一定也一樣……」

奧利佛凝視著火堆，坦率說出自己的心情。密里根雙手抱胸嘟囔道：

「所以你們也不想逃避啊……真是令人感動。」

「覺得傻眼嗎？」

「不會喔？只是單純覺得稀奇。畢竟真要說起來，那都是『外面』的道理。在金伯利聽起來就像童話故事一樣。

但我個人不討厭喔。只是覺得聽起來有點難為情。」

密里根笑著說完後，拿起放在火堆上的茶壺。在兩人談話的期間，茶葉已經完全泡開了。

「說到稀奇……其實你才是最讓我感到驚訝的人。」

「……？」

密里根突然改變話題的方向，再次對困惑的少年說道：

「關於雪拉和奈奈緒，我勉強能夠理解。畢竟她們無論是天生的才能或成長的環境，都遠遠脫離常理。一個是有精靈血統的麥法蘭家千金，一個是來自極東島國的武士。雖然這樣講有點矛盾，但她們的出乎意料都是在意料之內。

但你又是如何？雖然我不了解你成長的環境，不過——」

魔女將冒著熱氣的紅色液體倒入茶杯，抬起視線凝視奧利佛。

「——至少可以確定就天生的才能來說，你遠比那兩個人平庸。無論是魔力量還是魔法出力，你都只有一年級生的平均水準，看起來也不像有特別擅長的領域。不管問幾個人，大家應該都會認同——儘管你在各方面還算優秀，但終究難成大器。」

「…………」

「然而，你現在卻和那兩個人並肩作戰，而且至今的表現一點都不比她們遜色。即使將你們都還是一年級生這點納入考量——依然讓人覺得不可思議吧？」

少年默默收下對方遞過來的茶杯。密里根沒有責備少年為何不回答，繼續淡淡說道：

「天生擁有超人的才能，而且一直以來都各自在最好的環境鍛鍊身心——這就是雪拉和奈奈緒的現狀。正因為如此，我可以篤定缺乏才能的人，不可能在同年齡就達到和她們相同的水平。你明白嗎？『你現在人在這裡這件事』，本身就像是一種魔法。」

奧利佛喝了口茶代替回答。即使知道對方不會回應，魔女仍繼續說道：

「靠拚命努力彌補才能的差距——這種答案一點意義也沒有。『就算這樣還是不夠』。即使有優秀的老師，並將至今為止的人生全花在修練上，還是無法變得像現在的你這樣。至少就我所知的作法是絕對不可能。」

然後，魔女再次凝視少年。這次她同時用人類的眼睛，以及在前髮底下若隱若現的石蛇之眼。

「——一定發生過什麼事。在你的過去，有著遠比這隻眼睛還要壯烈的故事。」

奧利佛像是要對抗這道視線般瞪了回去，但密里根笑著舉起雙手蒙混。

「我沒打算追根究柢。畢竟魔法師有隱情很正常。只是作為你的學姊，多少還是會感到在意。雖然性質與卡蒂和奈奈緒不太一樣，但你也給人一種危險的感覺。」

密里根態度一轉，說明自己的擔心，讓大感意外的奧利佛垂下視線……他至今還是不曉得這個學姊到底哪些行為是出於親切，哪些行為是出於其他意圖。麻煩的是她既有包容力又很會照顧人，必須小心別因為過度依賴她而露出破綻。

「抱歉，我說太多了……現在睡得著了嗎？」

「……只要躺下，應該就能睡著。」

少年像是在說服自己般說道。如果再不讓身體休息，很可能會影響明天的行動。少年抱著這樣的想法將茶一飲而盡後，密里根思索了一下。

「嗯……如果你真的睡不著，我可以幫你放鬆一下。」

說完後，魔女從坐著的岩石上起身。她繞到奧利佛背後，雙手環抱他的肩膀，在困惑的少年耳邊輕聲說道：

「……你會討厭色色的事嗎？」

「——唔！」

奧利佛立刻甩開對方的手起身，粗魯地將喝完的茶杯放到石頭上，他快步走到火堆的另一側，一語不發地背對魔女躺下。因為被甩開的手還有點痛，密里根露出苦笑。

「哎呀，看來這方面的玩笑是你的禁忌呢。原諒我，一看見中意的對象就想誘惑，是魔法師的本能。

——晚安，奧利佛。祝你有個好夢。」

魔女一如往常以溫柔的語氣說道。少年像是想將對方的存在趕出腦中般，硬是閉上眼睛逼自己入睡。

只要正常交流過一次，之後自然就會發展出關係。

「……那個……」

「喔，奧菲莉亞！來得好，快坐下吧！」

奧菲莉亞久違地在晚餐時間來到「友誼廳」。雖然周圍的學生都不悅地看向這裡，但今天有張桌子歡迎她。在戈弗雷莫名響亮的聲音催促下，她低調地加入他們。

「我替妳介紹，他們都是我的同伴。雖然個性有點獨特，但本質都是好人。」

這桌除了戈弗雷和卡洛斯以外，還有兩個學生。一個是身材瘦小的一年級男生，另一個給人感覺很敏銳，是個將頭髮綁成髒辮的二年級女生。男學生看起來是聯合出身，但是從女學生的黑色皮膚和五官來看，應該是來自不同大陸。在金伯利（這裡），這種人和東方人一樣稀有。

「……雖然不得已一起行動，但我們絕對不是同伴。」

「我也不記得自己跟你是同伴。」

兩人說出與戈弗雷的介紹相反的內容後，就開始互相瞪視。出乎意料的緊張氣氛讓奧菲莉亞嚇得縮起肩膀，戈弗雷見狀開口緩頰。

「喂，你們嚇到她了。晚點再吵架，先自我介紹一下吧。」

戈弗雷說完後，兩人就不情願地停止瞪視，開始向初次見面的少女做自我介紹。

「我是二年級的蕾賽緹・英格威，隨妳高興怎麼叫我。」

「我是提姆・林頓，一年級，不用記住我沒關係。」

兩人冷淡地報上名號。奧菲莉亞戰戰兢兢地跟著介紹自己，但令人意外的是，兩人就算聽見薩爾瓦多利的家名也沒什麼反應。戈弗雷滿意地點頭。

「我們這些人在從事類似校內自警團的活動。我知道二年級生做這種事太多管閒事，但這間學校實在太危險了。我們打算盡可能幫助已經、或即將被捲入無意義麻煩的學生，教大家怎麼保護自己。這就是我們的活動主旨。」

「……幫助，別人……」

奧菲莉亞在嘴裡重複這句不熟悉的話。或許是已經習慣這種反應，青年苦笑地聳肩。

「我不否認自己在這裡被當成怪人，但世上也是有人有這種興趣。當然我們也會幫助妳——可以的話，也希望妳能夠協助我們。」

戈弗雷正面凝視少女，說出今天的主題。卡洛斯也跟著補充：

「……話雖如此，最近幾乎都招攬不到學弟妹。雖然偶爾會有人對我們的活動感興趣，但加入後過不久就都退出了。」

「有有有！卡洛斯學長，我還留著！」

提姆精神抖擻地舉起手。卡洛斯一聽就露出為難的表情。

「很高興聽你這麼說，但令人困擾的是，有六成的新人都是因為你才退出。」

「我們是採菁英主義！不需要缺乏覺悟的人！」

「這想法不錯——但真心話呢？」

「戈弗雷學長只要疼愛我一個人就夠了！其他人都去死好了！」

少年以坦率到甚至讓人覺得清爽的態度說道，蕾賽緹聽見後，就懊惱地扶著頭。奧菲莉亞依序看過每個人的臉後，嚥了一下口水，然後戰戰兢兢地開口：

「……我也能……幫得上忙嗎？」

少女的反應，讓提姆和蕾賽緹都露出意外的表情。他們似乎以為剛才那些話會把少女嚇跑。蕾賽緹稍微挺直身子看向奧菲莉亞。

「我反過來問妳，妳會做什麼？」

「咦——」

少女一時不曉得該怎麼回答。這是她第一次想要加入某個團體，也是第一次被團體需要。就在她腦袋變得一片空白時，一旁的卡洛斯出手相助。

「放心，莉亞會的東西很多，因為她是個努力的人。」

兒時玩伴說完後，就對少女露出笑容，讓奧菲莉亞稍微恢復冷靜。她從目前聽到的資訊推測對方的需求，然後開口說道：

「……呃，我會治癒咒語，另外也會調合一些簡單的魔法藥……」

蕾賽緹一聽見她的回答，就將手撐在桌上探出身。

「會治燒傷嗎？」

「咦，會……」

「那被酸性物質腐蝕呢？被人下毒也能解嗎？」

「……？這、這要看情況，但大致上……」

儘管對蕾賽緹搬出的條件莫名具體這點感到困惑，奧菲莉亞還是按照自己的能力回答問題。接著對方立刻起身，用力抓住少女的肩膀。

「新人，我絕對不會放妳走的！」

「咦……？」

「讓我告訴妳吧……我們當中有兩個棘手的傢伙，一個是不會控制咒語經常波及同伴的火力笨蛋，另一個是做完毒藥後不會做解藥的糟糕毒殺魔。」

蕾賽緹憤恨地說完後，看向旁邊。戈弗雷和提姆急忙抗議。

「等等！我最近的表現沒那麼糟糕吧？」

「就是啊！我最近也比較少放出毒氣了吧！明明那最有趕盡殺絕的感覺，用起來超開心的！」

「你們兩個笨蛋給我閉嘴！知道我差點被你們害死幾次嗎！」

奧菲莉亞茫然地看著他們的互動，但心裡也同時恍然大悟。之所以會提出燒傷、強酸和毒物這些莫名具體的條件，是因為這些負傷都是同伴造成的。儘管少女有察覺他們的活動很危險，但沒想到是因為這樣。

「呃，那個……」

「拜託妳幫幫忙吧！我也不擅長治癒！光靠卡洛斯一個人，根本忙不過來！」

蕾賽緹握住少女的手，幾乎是懇求般的說道。這是奧菲莉亞第一次看見有人這麼需要她——所以她當然也不曉得該如何拒絕。

加入自警團後，奧菲莉亞對這些同伴有了更深的認識。雖然他們不意外地都有些不尋常之處——但最令人印象深刻的，還是艾爾文．戈弗雷超乎想像的笨拙。

「——**烈火燃燒**！」

自警團今天找了間空教室練習。在展現魔法給奧菲莉亞看之前，戈弗雷不知為何先脫下長袍並捲起了襯衫的袖子。只見白杖的前端才剛發出威力大到令人目眩的火球——下一秒，戈弗雷握著魔杖的右手就燒起來了。

「……唔……！」

「學、學長！」

奧菲莉亞立刻用咒語滅火。教室內充滿皮膚燒焦的味道，戈弗雷用力嘆了口氣。

「我沒事……抱歉給妳添麻煩了。」

奧菲莉亞茫然地看著他手肘以下的嚴重燒傷，同時解開了心裡的疑惑。就是因為知道會變成這樣，才會事先脫下長袍和捲起袖子。

「我從一開始學咒語時，就一直是這樣。我無法好好控制發出的咒語，威力別說是不穩定了，甚至還會燒到自己的手臂……按照吉克里斯特老師的說法，相較於我天生具備的魔力量，我控制魔力的能力實在太差了。別看我現在這樣，其實這已經有稍微改善了。」

少年一臉苦澀地挑明自己的缺點。比起燒傷的疼痛，至今仍未克服這點更讓他感到難受。

「至今都是卡洛斯在幫我治療，以後也要麻煩妳了……真是丟臉。要是我自己會用治癒咒語就好了。」

「……沒、沒關係……」

奧菲莉亞思考了一下後如此回答，將白杖對準戈弗雷的手臂……他的笨拙不像是一朝一夕就能改善的問題，所以不太可能學會需要細緻地調整魔力的治癒咒語。既然如此——

「……無論你何時燒傷……我都會……治好你。」
這個工作就交給自己吧。少女下定決心，開始替他治療燒傷。

＊

「……已經過了三年啊，真令人懷念。」
經過陰暗的溼地時，卡洛斯回想起以前的記憶，輕聲嘟囔。走在他旁邊的戈弗雷，馬上就察覺朋友在說什麼。
「和奧菲莉亞一起活動時的事情嗎……我當時空有幹勁，做什麼事都憑一股氣勢，缺乏深思熟慮……光是想起來就讓人覺得難為情。」
「就是因為有那股氣勢，才能吸引人聚集。我現在也很喜歡當時的你喔。」
卡洛斯微笑著說道，相較之下——青年卻是露出痛苦的後悔表情。
「……但我搞砸了。所以她才會離開我們，變成現在這樣。」
「這件事不是你的錯。」
即使朋友搖頭否定，戈弗雷還是無法接受……他並沒有自戀到認為自己比別人優秀，他對自己的笨拙有所自覺，更何況他當時還比現在更不成熟，但即使如此——
「即使如此，我也應該做點什麼……因為我是她的學長。」

*

同一時間，地上的校舍已經是中午，卡蒂和凱仍在等待同伴歸來。

「……啊，你要幫忙嗎？謝謝你，小密里手。」

兩人占據談話室的角落，替奧利佛等人抄寫上午課程的筆記。當他們每抄完一頁，貼心的「助手」就會在桌上幫忙翻頁。那位助手就是奈奈緒之前砍下的手腕，被密里根一時興起改造成使魔的人工生命——通稱小密里手。

卡蒂一摸密里手的背——應該說是手背——誇獎它，經過旁邊的學生就驚訝地回頭再確認一次。凱也厭煩地開口：

「……真虧妳有辦法疼愛它，那可是密里根學姊的手喔。」

「是這樣沒錯……但它其實滿可愛的，而且很親近我。」

如同卡蒂所言，密里手全力展現親近，貼近卡蒂的手。它被做成使魔時似乎接受了不少改造，所以舉止意外地讓人覺得感情豐富，還會用眼睛周圍——亦即手掌的肌肉做出各種「表情」。

凱一臉不悅地看著密里手很有精神地在桌上走來走去，用力嘆了口氣。

「唉……不曉得奧利佛是否平安。」

「我會懷抱著信心等待……因為我們約好了，大家都會活著回來。」

卡蒂以堅定的語氣說完後，繼續抄寫筆記，但高個子少年搖了搖頭。

「是這樣沒錯啦……但那四個人裡，只有他是男生吧？」

少女一時無法理解這句話的意思，困惑地看向凱。

「那又怎麼樣？」

「……唉……妳忘了對手是奧菲莉亞．薩爾瓦多利嗎？雖然我沒親眼見過她，但她整天都會散布強烈的惹香吧。如果長時間暴露在那種東西當中……各方面應該都會受到不少刺激。」

凱像是覺得難以啟齒般回答，眼神也變得游移不定。在經過幾秒鐘的沉默後，卡蒂臉色大變地起身。

「你、你說什麼！到底會發生什麼事？」

「什麼事……唉，總之就是令人擔心……」

「奧、奧利佛才不會變成那樣！」

「別說得這麼簡單。男人要是憋太久可是會很辛苦。」

凱用雙手摀著臉低喃道。卡蒂似乎完全沒預料到這方面的問題，開始激烈動搖。

「唉，雪拉應該懂這方面的事情……而且還有密里根學姊在，或許不需要太擔心。」

「這、這方面的事情是什麼？密里根學姊會怎麼做？快告訴我啊！」

卡蒂跑到少年旁邊，用力搖晃他的肩膀。一個推著手推車兜售商品的學生，剛好在這時候經過兩人附近。

「有人要買校內新聞嗎～～！今天的頭版是『超有趣！金伯利的性生活！』喔～！」

「我要一份！」「請給我一份！」

兩人立即叫住那名學生，然後以前所未有的認真態度，專心閱讀過去從未看過的八卦報導。

＊

進入第三層後，迷宮的樣貌又變得跟之前截然不同。

原本濃密的綠意消失，取而代之的是伴隨著令人不舒服的溼氣的廣大泥濘地面。如果不小心踩進去，馬上就會下陷到腳踝，有些地方甚至還是無底沼澤。相較於總是被人工太陽照亮的第二層，這裡的光源就只有長在天花板上的發光苔蘚，整體顯得十分陰暗。而且這裡當然也棲息了許多適應溼地環境的魔法生物，所以通過這裡時絕對不能大意。

「呼、呼……！」「呼……！」

合成獸在泥地中倒下，發出鈍重的聲音。奧利佛等人看著剛才打倒的巨大屍體，大口喘氣——比這裡的環境還要更加可怕的是，來到這裡後遇見合成獸的次數就大為增加。

必須在不利行動的地面分析對手，看穿弱點，然後確實地攻擊要害。踏入第三層才短短三個小時，他們已經重複四次這樣的流程。如果把早一步發現敵人並順利迴避戰鬥的狀況也算進去，那遭遇的次數又更多了。

「嗯，這是第四隻啊。第三層的合成獸數量果然不同。快點移動吧。」

在密里根的催促之下，奧利佛再次於泥濘中踏出腳步。此時，東方少女從他背後小跑步地追了上來。

「奧利佛，我們剛才合作得很好呢！」

「……嗯。」

奈奈緒毫不在意難走的地面，活力十足地將手搭在少年的肩膀上。或許是因為在踏入這個階層前有休息過，少女變得比在第二層時還要意氣風發。

雖然這讓人覺得很可靠，但奧利佛這邊還有別的問題。他煩惱了一會兒後，低聲說道：

「——奈奈緒，妳可以不要一直黏著我嗎？」

「——咦？」

少女聽見後當場僵住。她搖搖晃晃地在泥地上退了幾步，淚眼汪汪地轉向雪拉。

「……在下，被奧利佛討厭了……」

「不是這樣！」

少年連忙否定。看不下去的雪拉，介入兩人之間。

「沒錯，奈奈緒，妳誤會了……奧利佛，惹香開始讓你感到難受了吧？」

雪拉說出從稍早之前就發現的事情。少年羞愧地別開視線，一臉苦澀地點頭。

「說來慚愧，但就是這樣沒錯……自從踏入第三層後，惹香的濃度就變得愈來愈高。當然我不會失去理智——但我不想在這個狀況下喪失集中力。」

奧利佛嘆著氣說道。沒錯——打從進入這一層後，他就覺得異性的肌膚看起來特別豔麗。平常不會在意的一舉一動，也都變得極具吸引力。這明顯是充滿空氣中的惹香造成的影響。

如果只是這種程度，他還有辦法繃緊神經應付，但像剛才那樣被異性貼近的話，就會變得有點不妙。一旦過度在意肌膚接觸，被突襲時或許會來不及反應。尤其對象是奈奈緒時，影響又會特別大——然而當事人完全不曉得這些事，一臉困惑地看向奧利佛。

「？是怎麼個難受法？」

「奈奈緒，這個問題實在有點……」

「會覺得心癢難耐。畢竟是暴露在惹香當中，而他又是個男孩子。」

密里根以露骨的方式直接說明。奧利佛因此板起臉，但少女似乎還是不太明白。

「……心癢難耐……心癢難耐是什麼意思……？」

「奈奈緒，妳不用想得太深……我對此早有準備。密里根學姊，妳不用替我擔心。」

說完後，奧利佛集中精神呼吸，調整被惹香擾亂的精神狀態。密里根觀察了一會兒後說道：

「嗯……看起來你的確能夠抵抗，但覺得難受時就要說，不要忍耐喔。路還很長，硬撐是撐不了多久的。」

「這還在我能自己處理的範圍內。我再重複一次，不用替我擔心。」

奧利佛堅定地拒絕後，繼續前進。他的背影透露出強烈的抗拒，讓魔女露出苦笑。

「真頑固。看來繼昨晚之後，又再次碰觸到他的逆鱗了。」

「……妳在我們睡覺的時候做了什麼？」

「沒什麼，只是稍微誘惑了他一下。」

「妳怎麼可以對一年級生做這種事！」

看不下去的雪拉開始對學姊說教。這段期間，奈奈緒緩緩走到奧利佛身邊。

「……奧利佛，這個距離可以嗎？」

「嗯，沒關係。不好意思讓妳費心了。」

奈奈緒這次一直和少年保持伸出手就能碰到的距離，但看來這無法讓她感到滿足，少女的手一直動來動去，完全靜不下來。無法像平常那樣與少年接觸，似乎讓她感到十分困惑。

「……感覺好煩躁。」

「這樣才正常。妳平常的肢體接觸就太過火了。」

「你果然覺得討厭？」

「就說不討厭了。」

奧利佛頑固地否定，奈奈緒持續保持相同的距離與他並行。密里根聽著雪拉的說教觀望兩人，然後用手遮住眼睛。

「……該怎麼說才好，那兩人的樣子耀眼到讓人眼睛快瞎了。」

「既然妳這麼想，就好好在一旁觀望，不要干擾他們。」

縱捲髮少女以嚴厲的語氣如此叮嚀，魔女轉頭瞄了她一眼。

「我是無所謂，但妳沒關係嗎？」

「……什麼意思？」

雪拉噘起嘴角反問，然而——她這段期間也一直在看著前面的兩人，她的視線像是覺得羨慕與憧憬，又像是看著自己無法跨越的一條線。

「唉，真是的——愈來愈想讓你們平安回去了。」

密里根聳肩說完後，突然拍了一下手吸引三人的注意。

「那麼，差不多該來開會了。雖然我們目前姑且是朝惹香較濃的方向前進，但光是這樣無法找到奧菲莉亞的工房。我們需要其他線索。」

魔女這句話，讓雪拉雙手抱胸陷入沉思。

「跟蹤合成獸……應該也沒用吧。」

「沒錯。不可能這麼容易找到。會離開工房的合成獸，大部分應該都是消耗品。就連捕獲型都只有一開始那一批會回去吧。」

奧利佛如此低喃。就如同他們事前的預料，要在廣大的第三層找出一間工房並非易事，因此他努力轉換想法。

「從別的角度縮小範圍吧……在這個環境下，如果是學姊會把工房設在哪裡？」

奧利佛向在場經驗最豐富的人徵求意見，密里根撫著下巴思索。

「首先是位置，必須是個不容易被其他學生或魔獸發現的地方。這層不缺水，所以不用考慮水源，為了方便採取調合素材，我應該會盡可能將工房設在靠近第二層的地方……」

密里根滔滔不絕地說到一半，突然閉上嘴巴思考。

「……不，這只是我的想法。第四層以下的地方也有很好的採集地點。雖然我很少踏入那些危險的地方，但是奧菲莉亞就算去那裡採集也很合理。從這點來看，她很可能將工房設在靠近第四層的地方。」

這段話讓奧利佛想起一件事，魔女曾說過奧菲莉亞的實力遠在她之上……既然是能讓薇菈．密里根如此評價的對象，在第三層行動應該就像在庭院裡散步吧。

「但如果是這樣就麻煩了——想到靠近第四層的地方，必須先通過這一帶。」

說完後，密里根重新前進。在走了約五分鐘後，泥濘的地面變得愈來愈溼，沒多久眼前就出現一大片水池。因為放眼望去都是水，無法得知正確的面積，就連對岸也被濃霧籠罩。

雪拉低頭看向混濁的水面，開口說道：

「……這是沼澤吧。而且很大……」

「第三層『瘴氣沼澤』。這裡在這個階層也算是最大的難關。」

這裡的空氣就像在印證密里根的解說般，一吸進去就會刺痛喉嚨。這一帶都瀰漫著從沼澤產生的有毒氣體。

「通過這裡的方法大致分成兩種。一種是騎掃帚飛過去，一種是搭小船。不過——因為這次有你們同行，只能選擇搭船。」

「喔？這是為什麼？」

奈奈緒提出心裡的疑問。從地形上來看，騎掃帚應該最快，所以會問這個問題也很正常。密里根看向上方，指著有十幾公尺高、被奇妙的煙霧籠罩的天花板。

「首先，這股瘴氣愈靠近天花板愈濃烈。如果飛太高讓全身都暴露在瘴氣中，那就不妙了。」

「不妙啊……具體來說會怎樣？」

「全身潰爛、階段性失明、呼吸困難、意識模糊。當然也會對以空氣中的魔素為食的掃帚產生負面影響，讓人最後掉進沼澤成為魚飼料。」

這個比想像中還要不妙的結果，讓雪拉皺起眉頭。密里根繼續說明：

「如果事先有準備，那還能稍微抵擋一下，但還是要持續小心別飛太高。這種時候就要換提防其他東西。」

魔女將視線往下移，三人跟著看向同一個地方後，發現有許多物體跳出水面。一種身體呈棒狀，擁有宛如蕾絲般輕盈翅膀的生物，以數百隻為單位在沼澤上群聚。

「翅魚（skyfish）……」

「沒錯。那是一種棲息在水裡，能夠低空飛行的魔魚。如果只有一兩隻倒還好應付，但數量實在太多了。這裡經常發生被牠們纏上後，就這樣掉進沼澤的狀況。坦白講，我以前有一次也吃過牠們的虧。」

密里根說出自己過去的失敗。連她都曾經掉下去過——這件事勝過所有說明，讓學弟妹們全都繃緊神經。就在他們陷入沉思時，密里根開始說明第二種方法。

「雖然比較花時間，但只要搭小船就能焚燒驅逐翅魚的香。這時候要注意的就是沼澤裡的魔獸。這裡棲息了各種魔獸，會遇到哪種全看運氣。」

三人聞言，一起看向翅魚群聚的水面……當然，水中也有水中的威脅。既然這裡是迷宮，不管選擇哪種方法都不可能保證安全。最終還是要自己衡量各方面的風險。

「話雖如此，只要有四個人在，不管被何種魔獸襲擊都有辦法對抗。因此這次要搭船。和掃帚不同的是，搭船不僅方便互相協助，在最壞的情況也能捨棄小船騎掃帚逃跑。」

密里根是基於這些考量才決定搭船。奧利佛點頭表示贊同。剛才那些說明裡，沒有讓人反對的要素。

「……我贊成。雖然時間寶貴，但最重要的還是所有人都能平安到達對岸。」

「我也這麼覺得。奈奈緒，妳呢？」

「在下哪一種都無所謂，看大家覺得怎麼做比較好。」

所有人都沒異議。既然已經決定好方針，奧利佛立刻展開行動。

「看來是決定了——首先是造船。雖然所剩不多，但把手邊的器化植物都用上吧。」

「這樣應該很快就能做好。哎呀，等回去後得好好感謝凱才行。」

「……可別用奇怪的方式感謝喔。」

「哈哈哈，放心吧。我還沒那麼飢渴。」

密里根隨口搪塞雪拉的牽制，開始造船。四人就這樣集中精神工作，但奧利佛中途感覺到朝自己發出的魔力波。

（……吾主，有壞消息。）

（——怎麼了？）

這是祕密擔任斥候的泰蕾莎．卡斯騰傳來的聯絡。少年一反問，她就立刻回答。

（若各位選擇搭船，我在航行期間就無法繼續跟各位維持與現在相同的距離。雖然我也有準備船，但如果在毫無遮蔽物的沼澤上和各位靠得太近，會被蛇眼發現。非常抱歉，看來只能等到了對岸再會合……）

聽完她的說明後，奧利佛對自己的思慮不周感到羞愧……因為泰蕾莎至今都非常稱職地完成斥候的工作，所以他沒考慮過也有不適合她隱形的地形。

話雖如此，現在也無法改用其他方法通過這裡。思考了幾秒後，奧利佛終於下定決心。

（我知道了，這樣就好。我到對岸後會留下記號。妳之後再追蹤那個跟上。）

（遵命……這個階層十分危險，還請吾主務必小心。）

說完後，少女的氣息就迅速消失。奧利佛在對話時也沒有停止動作，所以其他三人並不覺得奇怪。少年繼續集中精神造船——他們將幾根器化植物組合起來，只花約十五分鐘就完成了。

「嗯，看起來做得不錯。」

密里根雙手抱胸，滿意地說道。最後的成品外觀介於小船和木筏之間，面積也夠四人在上面活動。他們在中間的船桅加裝用魔法加工的墊布當作船帆。以臨時製作的渡船來說，算是相當精緻。

「那就立刻出航——我本來想這麼說，但在那之前……」

四人一起將小船推到水面上時，密里根叫住已經準備出發的學弟妹們。

「難得到有水的地方，就替你們上一課吧。」

「上課……？妳想在這種地方幹什麼？」

「正因為是這種地方啊。奧利佛和雪拉應該都知道——拉諾夫流有一招叫湖面踏步(Lake walk)吧？」

密里根對一臉困惑的兩人說明完後，從船上跳向沼澤。在驚訝的奧利佛面前，密里根靜靜站在水面上。奈奈緒驚訝地睜大眼睛。

「……喔喔？站在水上了！」

「感謝妳的熱烈反應。對魔法師來說，水上步行是很重要的技能，可以說涵蓋了領域魔法的所有基礎。」

密里根在說明的同時，緩緩在水面上踏出腳步。她的腳底只有產生輕微的漣漪，腳步顯得十分平穩。奧利佛和雪拉都看得目不轉睛。

以「湖面踏步」來說，這可以說是最理想的示範。

「因為魔法出力必須達到一定程度才能使用，通常是升上二年級後才會練習。在我看來，你們都已經達到能夠使用這招的水準，所以趁現在學會吧。來，試試看。」

魔女說完後，向三人招手。三人一齊低頭看向水面。

「……呃，失敗就會掉進水裡吧。」

「這樣才會認真吧？小心別掉進都是魔獸的沼澤喔。」

密里根露出笑容，要他們把風險當成學習的助力。

「嗯，那麼從在下開始。」

奧利佛和雪拉花了幾秒才下定決心，只有奈奈緒一話不說就走向沼澤。兩人還來不及感到驚訝，奈奈緒的鞋底就碰到水面——身體也理所當然地掉進水裡。

「唔……！」

「哈哈哈，沉得真漂亮。沒事吧？」

密里根從水面伸出手，將少女暫時拉上陸地。全身溼透的奈奈緒露出困惑的表情。

「真令人困擾，完全抓不住訣竅。」

「只要抓到訣竅，這對你們來說應該不難。奧利佛，接下來換你了。」

被點名的少年看向水面，重新調整呼吸——冷靜點，自己應該辦得到。自己至今已經反覆練習過無數次地之型，這招也是應用相同的原理。

「……唔……」

奧利佛下定決心踏出腳步。腳尖在碰到水面的瞬間稍微下沉，但馬上就將水推了回去。他同時踏出左腳，以和「墓碑踏步」相同的要領將魔力導向水面，小心不讓體重都集中在特定的一隻腳上

——就這樣，少年成功用雙腳站在微微晃動的水面上。

「喔喔！」

「嗯，果然站上去了。你的地之型用得非常好，所以我就覺得你一定辦得到。來，試著走幾步看看吧。」

密里根接著下達指示，這次少年沒有猶豫。他重現剛才掌握的感覺，前進時只在水面掀起輕微的漣漪……當然，這樣體力消耗得遠比在地面上走路激烈。只要繼續走十分鐘，就會精疲力竭吧。

雪拉一臉感嘆地凝視少年的動作。儘管不像密里根所示範得那麼完美，那依然是漂亮的水上步行。

「幹得漂亮。行走時還運用了分散體重的技巧，減少浮在水面需要的魔力。第一次就能做到這樣，算很了不起了。」

「…………」

「這招是練就更高等的技巧『虛空踏步（sky walk）』前必經的過程。無論是作為一個魔法師，還是作為一個魔法劍的使用者——奧利佛，你今天都跨出了極大的一步。」

魔女以意外溫柔的聲音稱讚奧利佛，這讓少年想起了以前的往事。

——很帥吧？放心，諾爾一定也學得會。因為你是我兒子。

自己小時候非常憧憬那道站在空中的身影，並且在不曉得那是多高境界的情況下——發誓自己有一天也要站上相同的地方。當時的自己還不曉得才能這個詞的意義。

少年閉上眼睛想著——自己至今仍走在從那一天開始的道路上。

「……奈奈緒，妳也過來吧。」

等回過神時，他已經朝少女伸出手。他並沒有想太多。只是——毫不懷疑地相信她一定能站在與自己相同的地方。

「——嗯！」

奈奈緒也回應了他的要求。她凝視少年伸出的手，再次走向水面——她的身體只有在觸水的瞬間稍微搖晃，但最後並沒有沉下去。

「喔？喔喔……成功了！」

成功踏上水面的奈奈緒，握緊少年的手喊道，讓密里根看得目瞪口呆。

「哎呀，成功了。是因為從奧利佛的動作獲得提示嗎？還是單純因為——想要和他站在相同場所的心情太強烈呢。」

魔女開玩笑似的說完後，看向被兩個朋友超前，至今仍獨自留在岸上的縱捲髮少女。

「…………」

當然，她不會甘於維持這樣的狀態。雪拉閉起眼睛，將不安與壓力甩到腦後，並在重新睜開眼睛的同時走向水面。在三人的觀望下，右腳首先碰觸水面——接著左腳立即跟了上來。

「……呼……兩位，我也過來了。」

「喔喔，雪拉大人也成功了！」

「不愧是雪拉。」

三人在水面上重逢後，牽起彼此的手分享喜悅。密里根笑著觀望那幅景象。

「幸好所有人都順利學會了。這樣即使掉進沼澤，也能開拓出一條生路。

——那麼，我們出航吧！」

所有人都上船後，魔女朝船帆詠唱咒語。接著就突然吹起一陣風，小船開始載著他們在水面上前進。

開始航行後，密里根的嘴巴依然沒停下來。她在操縱小船的同時，向三人講解背後的原理。

「儘管不像掃帚那麼普及，但帆船對魔法師來說也是個方便的交通工具。普通人必須先找出風向再調整船帆，但我們這些魔法師——」

密里根用杖劍指向船帆的表面，上面事先畫了密密麻麻的魔法陣和咒語。這就是為什麼這艘船明明沒有人划槳也能前進的原因。奧利佛曾聽說過海洋魔法師會使用這種技巧，但還是第一次親眼看見。

「——只要像這樣招來風精靈，讓他們留在船帆周圍就好。雖然需要一點訣竅，但之後放著不管也會前進，學起來會很方便喔。」

「原來如此……真是受教了。」

雪拉像是很有興趣般仔細聆聽。奧利佛往旁邊看，發現奈奈緒正蹲在船邊凝視水中，看著一道黑影從混濁的水面底下游過。

「……底下有好大的魚在游。」

「小心點，奈奈緒。妳這樣隨時有可能被攻擊。」

「嗯……可是灑鹽來烤應該會很好吃。」

「妳居然被牠們激起了食慾？」

奈奈緒就算來到這一層還是一如往常。奧利佛在驚訝的同時也稍微感到放鬆，但馬上就因為察覺空氣中的變化閉上嘴巴。他環視周圍，其他三人也一樣集中精神側耳傾聽。

「……周圍的氣息都消失了。」

「嗯……這有點奇怪。」

密里根也點頭贊同。水面下的生物都不見蹤影，因為討厭焚香而在遠處觀望的翅魚也跟著消失。明明通過這裡的關鍵就是預防來自水中的襲擊，如今卻完全感覺不到魔獸的氣息。

「來到這裡還沒被襲擊，反而讓人覺得不自然。這裡太安靜了。是水中發生了什麼異變——」

密里根在說話的同時環視周圍——接著透過眼角發現水面下瞬間閃過一道白影。

「？剛才那是什麼……」

「…………」

魔女陷入沉默，看見相同身影的雪拉皺起眉頭。奧利佛有股不好的預感，將手伸向插在腰間的杖劍——此時小船突然搖晃。

「唔喔……？」

小船無預警地突然加速，雪拉用手扶著船桅避免跌倒，向船頭抗議。

「學姊，怎麼了！為什麼突然加速！」

「有危險的東西在！你們三個快拔出杖劍！」

三人按照密里根的警告舉起杖劍，接著看見船後方的水面瞬間攀升。

伴隨大量水花現身的，是全長至少超過六十英尺的海蛇——不過只剩下「骨頭」。宛如博物館展示的標本般失去所有血肉的骨頭照理說應該不會動，但那條海蛇卻以彷彿還活著一般的動作，開始追擊小船。

「什麼——！」「唔，又是骨頭嗎？」

「海蛇龍（sea serpent）骨……！是薩爾瓦多利『以外的人』的使魔！——你們三個抓緊了！」

三人按照警告壓低身子。密里根繼續對船帆施展咒語，催促風精靈加快速度。小船立刻以兩倍的速度前進，在水面上與海蛇龍骨展開一場追逐戲碼。

「這個威脅的種類和合成獸差太多了，現在只能選擇逃跑！只要逃到地上，牠應該就不會繼續追來！」

「我也這麼認為，但靠這艘小船逃得了嗎？」

「被追上就只能認了！先做好用掃帚逃跑的準備！」

密里根大喊。奧利佛和雪拉互相點頭，朝追著船跑的骸骨蛇發射咒語。兩人的攻擊多少拖慢了追擊者的腳步，讓敵人與船之間的距離逐漸拉開。

「幸好之前造船時沒有偷懶！這樣勉強能逃掉！」

魔女露出大膽的笑容，不過——幾秒鐘後，她的笑容變得像石頭那樣僵硬。

「……啊，這下不妙。」

「咦？」

魔女的話，讓奧利佛立刻看向前方。在船前進的方向，有好幾塊骨頭浮在空中，看起來像是某種巨大生物被啃光屍體的結果——雖然乍看之下是這樣，不過……

「——**集結成形吧。**」

某人的詠唱，讓那些骨頭現出真面目。分散的骨頭在他們前方重新組合——先是形成跟大樹一樣粗的脊椎，然後接上頭骨，肋骨和鰭骨也同時完成。一個跟緊追在後的海蛇龍骨外觀相同的龐大身軀，阻擋在小船面前。

「什麼——」「唔——！」

判斷這樣下去會撞上的密里根緊急讓船轉彎。這個勉強的舉動讓船體發出哀號，在差點撞上巨大的敵人前掀起一陣弧形的白色波浪。儘管順利躲過敵人，但船速也因此大幅下降。

「真是的……！利弗莫爾學長，你這招呼也打得太突然了！」

密里根跪在船上瞪向前方，奧利佛等人也立刻跟著看過去。雖然骸骨蛇就擋在前面，但還是能透過牠的肋骨空隙看見對面。

「——沒辦法，這都要怪眼前的景象和這裡實在太不搭了。」

一個魔法師站在用來代替船的巨大龜骨上。那人散發宛如邪教神父的威嚴，以昏暗的眼神看向四人。除了強者特有的魄力之外，他身上還纏繞著一股讓人毛骨悚然的死亡氣息。

「蛇眼，妳到底在幹什麼。居然帶三塊年輕的肉來送死。」

那道曾在迷宮見過一次的身影，讓奧利佛和雪拉的肩膀因恐懼而顫抖。西拉．利弗莫爾——以獨特的術法操縱骸骨的死靈魔法師，在金伯利是與奧菲莉亞．薩爾瓦多利並列的危險人物。

「他們的朋友被奧菲莉亞抓走了。我們正要去救他回來。」

密里根從容回應。對手聽見後含笑說道：

「用這麼迂迴的方式殉情？」

「雖然你會這樣想也很正常，但我們是希望能活著回去。」

魔女聳肩，毫不畏懼地如此斷言。利弗莫爾像是覺得傻眼般哼了一聲。

「去挑釁現在的薩爾瓦多利還想全身而退……我以為妳是個更聰明的傢伙。」

「這話聽起來真刺耳。」

因為實在無法反駁，密里根只能露出苦笑。然而——某人趁著兩人對話的空檔插嘴問道：

「不好意思打擾兩位說話——利弗莫爾學長，請問你是不是也在找奧菲莉亞．薩爾瓦多利的工房？」

「雪拉？」

奧利佛驚訝地看向少女。這個出乎意料的問題，讓利弗莫爾以昏暗的眼神瞪向雪拉。

「……麥法蘭的女孩，為什麼妳會這麼問？」

「我覺得有這個可能。在這個時間點出現在第三層，一定有什麼目的。然後——在有學生墜入魔道時，金伯利的其他學生還主動去找他們的理由屈指可數。」

「…………」

「其中一個是像我們這樣，有重要的人被抓的狀況。雖然這次有許多學生被抓，但我不認為你的目的跟我們一樣。然後——第二個可能就是對那個學生墜入的『魔道』有興趣。」

即使面對實力遠勝自己的對象，少女仍凜然地指出這點。只有一旁的奧利佛立刻察覺這並非不知天高地厚的魯莽行為——雪拉握得緊緊的雙手正輕微顫抖。

她知道眼前的對手是和奧菲莉亞．薩爾瓦多利同一級別或甚至更強的魔人，只要念頭一轉就可能將我方全滅。但即使明白這點，她還是賭上了一個可能性。那就是藉由這個狀況取得有助於救出皮特的線索。

「我覺得你是屬於第二種。說得更具體一點——就是想趕在其他學生之前，取得奧菲莉亞・薩爾瓦多利這個魔法師遺留的研究成果，所以你才會出現在這裡吧。」

少年緊張地嚥了一下口水。的確——若真是如此，雙方不僅目的相近，利害也沒有衝突。因為我方的目的是救出皮特，不會想對奧菲莉亞的研究成果出手。

「如果是這樣，要不要和我們聯手？雖說我們有三個人是一年級生，但人手比較多。只要分享彼此的情報一起搜索，找出工房的可能性就會大幅提升。這對你來說應該不是件壞事。」

雪拉最後提出這個建議。沒錯——即使平安抵達對岸，也不一定能找到奧菲莉亞的工房。所以雪拉才打算和這個魔人交易。她說明自己不是敵人，想要引出對方握有的情報。

在一陣令人窒息的沉默中，利弗莫爾凝視雪拉一段時間後搖頭。

「我很想說這是個不錯的提議……但非常不巧。」

「……咦？」

「我對薩爾瓦多利的研究成果沒什麼興趣。作為一個魔法師，我們的目標相差太大，坦白講就算拿到了也無法活用……唉，如果剛好掉在眼前是會撿起來，但還不至於為了這東西冒風險。」

即使對方的回答出乎意料，雪拉仍勇敢地繼續說下去。既然會在這裡遇見，就一定有相對應的理由。

「……那你為什麼會在這裡？除了確保研究成果以外，還有什麼理由能讓你刻意待在這個危險的地方？」

利弗莫爾一聽，就露出乾涸的笑容。

「理由啊……誰知道有沒有那種東西。」

這句話並非是在嘲弄雪拉，而是在自嘲。這同時也是明確的證明——他並不是為了「利益」出現在這裡。

「……雖然我覺得不太可能，但學長的目的該不會是替奧菲莉亞『送終』吧。」

密里根靜靜問道。利弗莫爾不屑地回應：

「別說蠢話了。這種事才輪不到我來做。

不過……說得也是。要我當個弔祭者倒是可以。如果喪禮上只有屍體和主喪者，未免太過於冷清了。」

利弗莫爾的語氣透露出些許坦率，另一方面，也像是從一開始就不期待別人能夠理解。男子抱持著某種達觀，轉向雪拉說道：

「這是我為曾互相殘殺過無數次的學妹盡的最後一點道義……麥法蘭的女孩，這樣有回答妳的問題嗎？」

「……唔……」

就連早已做好一定覺悟的雪拉，都無法再繼續問下去。雙方利害一致，有機會達成共識，感覺光是用這種世俗的標準進行交涉，就已經暴露出自己對對方其實一無所知。

「求饒的花招用完了嗎？那就繼續吧。」

兩隻海蛇龍骨按照利弗莫爾的意思抬起頭。判斷交涉決裂的雪拉，一臉苦澀地舉起杖劍。

「……果然變成這樣了……」

「不，雪拉，妳做得很好。」

相反地，密里根露出大膽的笑容。她那遊刃有餘的態度，讓奧利佛十分困惑。再加上——打從雪拉開始和利弗莫爾對話後，密里根就一直跪在船上。

「如果是要對疼愛的學妹盡道義，那我也能理解你的心情。不過——以一個弔祭者來說，不覺得你在喪禮會場鬧得太凶了嗎，利弗莫爾學長？」

奧利佛瞬間注意到一件事。密里根跪在船上時，用長袍在腳邊做出一個視線死角——在長袍的掩護下，她把杖劍刺進船身的空隙，讓劍尖接觸水面，就像要讓某樣東西流入沼澤一般。

緊接著，旁邊突然掀起一陣波浪晃動船身。打從出航開始，沼澤的水面就一直很平靜。奧利佛他們也知道，「一定是有什麼東西掀起了波浪」。

「——嘖。」

利弗莫爾慢了一步才察覺魔女的企圖。他一咂嘴——數十根觸手就衝出船身左右兩側的水面，一齊攻擊他。

海蛇龍骨立刻上前替主人抵擋攻擊。在纏住骸骨蛇的觸手後方，兩個外表平滑的龐大身軀浮出水面。那尺寸與其說是生物，不如說是小島，而且外觀就像是結合了烏賊和章魚的特徵般奇特。那副異常的模樣，讓雪拉等人看得目瞪口呆。

「水棲合成獸……！」

「果然！〈論克拉肯與斯庫拉混血後產生的顯著性狀變異〉——寫過這篇論文的薩爾瓦多利，不可能沒在這裡動手腳！」

密里根發現計畫成功後，痛快地喊道。沒錯——打從遇見利弗莫爾時起，她就一直趁對話的時候朝水裡釋放魔力波吸引合成獸。既然自己無法對付骸骨蛇，就引誘實力與牠相當的對手過來。

如果合成獸發現有人入侵自己的地盤，很可能會先襲擊魔力較強的對象。連這一點都計算進去的魔女展現出來的頑強，讓奧利佛在心裡大感佩服。

「我們還要趕路，這裡就交給你了！抱歉啦，利弗莫爾學長！」

「妳這不可小看的傢伙……！」

利弗莫爾笑著口出惡言，但即使是他也無法忽視這些合成獸繼續追趕獵物。小船再次全速前進，將開始戰鬥的骸骨蛇遠遠甩在後面。

「總算撐過去了……！真是有夠驚險！」

脫離危機後，密里根用力吐了口氣。一直待在後面看的奈奈緒，突然探出臉問道：

「……密里根大人，請問『送終』是什麼意思？」

她問的是魔女和利弗莫爾對話時提到的詞彙。密里根有些驚訝地轉向少女。奧利佛能夠明白魔女的心情。在這間學校很少有人會問這件事——因為這裡的學生大部分都早就知道了。

「原來如此，妳還不知道呢……這有點類似魔法師的習俗。」

密里根難得以嚴肅的語氣回答……只要是魔法師，在講述這件事時都會認真以待。因為這是自己的好友，以及自己未來遲早要面臨的命運。

「有時候即使必須賭上性命，也要前往墜入魔道者身邊，見證對方的末路。這種行為——我們稱之為『送終』。」

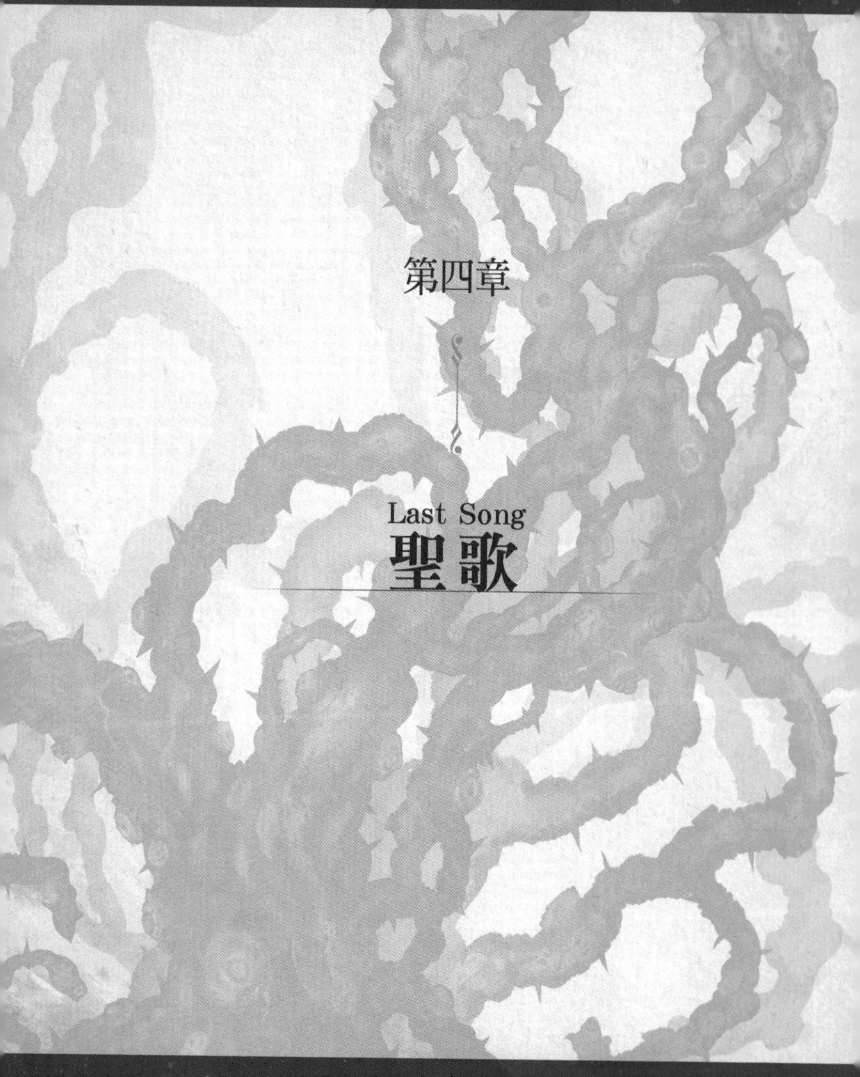

第四章

Last Song
聖歌

人沉迷於某樣事物時，即使周圍的人覺得明顯，自己也很可能沒發現。

「……你覺得這兩個哪一個比較好？吶，卡洛斯！」

這個時期的她正是這種狀況。畢竟這是她第六次拿著兩個飾品，詢問卡洛斯相同的問題。進一步而言——不管被問幾次都依然和顏悅色，還每次都用不同方式回答的卡洛斯實在令人敬佩。

「我覺得兩個都很可愛，但艾爾應該會比較喜歡左邊那個，他不喜歡太華麗的東西。」

「這、這樣啊……那就選這個……」

這個建議讓少女選擇左手的髮飾，並趕緊試戴。然而——她在穿戴時像是突然想起自己剛才的言行般，轉頭看向卡洛斯。

「……？你、你這是什麼意思！我又沒有說要戴給戈弗雷學長看！」

「是嗎？抱歉，大概是我誤會了。」

「那還用說！我、我只是正常地想打扮一下……！」

奧菲莉亞紅著臉偏過頭。卡洛斯看著她的側臉，微笑地聳肩。

「唉，妳不需要太著急……艾爾本性單純。只要花時間真誠地和他來往，自然就能縮短距離。焦急的行動只會造成反效果。」

「我都說了……！」

少女本來想轉頭繼續辯解，但卡洛斯突然從正面緊緊抱住她，阻止對方開口。

「真是的，別動不動就害羞啦——現在的莉亞非常可愛喔。」

少女不知道的事情真的太多了。為什麼心裡面總是想著他——為什麼見不到他時，心情會這麼消沉？

開始經常與自警團來往的這半年，她一直很困惑。莫名其妙地跟在他後面，每次對話時心情都會隨著他的反應起起伏伏，因為一些小事而開心得不得了——現在回想起來，真的就像個小孩子。

「好痛痛痛痛痛痛痛！啊，被夾到了！誰來幫幫我！」

「到底要說幾次你才聽得懂！不要隨便摸牆壁的縫隙啦！」

少女今天也替被岩縫蟹夾到手的提姆療傷。儘管她一開始還會感到戰戰兢兢，但現在已經完全習慣了。

「……謝謝……」

「喂，別捏著鼻子。這樣對她太失禮了吧。」

「我這是在恪守節操！我絕對不要對學長以外的人產生情慾——呀啊啊啊啊啊痛死我啦！」

因為治療的對象是這種人，奧菲莉亞也不需要對他客套或體貼。儘管她對別人嫌棄自己的惹香早已習以為常，但少年是第一個做出「當她的面捏住鼻子」這種蠢事的人。為了對他的勇氣表示敬意，奧菲莉亞今天使用治癒咒語時也刻意不幫少年止痛，讓他的慘叫聲響徹陰暗的迷宮。

「……不好意思啊，奧菲莉亞。」

「你臉皮還真厚。真要比較的話，你這種刻意施放毒氣的傢伙才更加惡質吧。」

戈弗雷等人像平常那樣對眼前的情況嘆氣。這樣的互動成為常態，由此證明少女已經融入這個團體。跟不會疏遠自己的人一起行動——光是這樣就讓奧菲莉亞感到十分新鮮，甚至有種如獲重生的感覺。

「又是你們啊——喔？這次還帶著稀奇的肉呢。」

當然偶爾也會遭遇危險。學生們本來就經常在迷宮內私鬥，戈弗雷的活動又替他樹立了不少敵人。無論去哪裡，都免不了一場爭鬥。

「有趣，就讓我來鑑定一下品質吧——**集結成形**。」

「所有人提高警覺！——**烈火燃燒**！」

戈弗雷用火焰咒語迎擊骸骨獸。即使無法控制的火力燒傷自己的手臂，他仍毫不在意地大喊。

「無論是別人的性命，還是自己的性命……！你們就不能再多珍惜一點嗎！」

在校舍的各處，以及每次潛入陰暗的迷宮時，他們都不斷戰鬥。對手通常是同年級生和低年級生，但偶爾也要面對怪物般的高年級生。他們想透過這些戰鬥在魔窟內建立些許秩序，打造一個能在最後收容那些身心受創學生的安全地帶。戈弗雷或許是第一個認真想在金伯利這個地方做出這種嘗試的人。

少女完全無法理解他為什麼要做這種瘋狂的事情。不對，真要說起來——艾爾文・戈弗雷這個男人總是表現得義憤填膺，光是這點就已經超出少女的理解。

打從入學時起，金伯利對少女來說就是個再自然不過的地方。學生們賭上自己的一切窮極魔道，並因此踐踏殘殺其他的一切。這樣的環境，完全就是自己老家的延伸。更重要的是，這就是少女的母親傳授給她的世界本來的樣貌。

「……我只是希望能把金伯利變成一個比現在更能讓人喘口氣的地方。」

少年偶爾會像這樣感嘆。少女雖然曖昧地附和，但還是一樣難以理解……是像自己常去的中庭那樣的地方嗎？少女曾這麼想過，但馬上就覺得應該不是。自己去那裡終究只是為了踐踏花草。

無奈的是，少年似乎不想踐踏任何人。不僅如此，他甚至還對「踐踏別人是理所當然」這個常識唱反調。為迷宮內的活動設立規則，減少學生之間的爭鬥——如果聽過少年的目標，十個人裡應該會有九個人認為他瘋了。坦白講，少女一開始也是這麼覺得。

……然而令人驚訝的是，在少年耿直地反覆宣揚這個理念後，開始逐漸出現一些贊同他的人。

「你們就是傳聞中的戈弗雷一派嗎？喂，讓我也加入吧。」

「感覺好像很有趣。可以讓我加入嗎？我應該多少能派上一些用場。」

隨著年級往上升，學生們也愈來愈適應金伯利的環境，但喜不喜歡這裡又是另一回事。而討厭這個環境的學生都會聚集到戈弗雷身邊。並不是因為擁有相同志向這類崇高的理由——單純只是那些被迫生活在這種肅殺環境的學生，喜歡他們營造的「氣氛」。

「我本來以為進錯學校了……但待在你身邊的感覺還不壞。」

甚至還有人說出這樣的話。奧菲莉亞通常無法理解他們的感受，但唯獨對這點非常有共鳴。待在艾爾文．戈弗雷的身邊會讓人覺得放鬆。只要與他交流，就能暫時忘記自己是個魔法師。所以即使是少女稚嫩的內心也能明白——這段不可思議的時光一定無法持續太久。

每當戈弗雷主動介入紛爭並遍體鱗傷地生還，他的名聲就會跟著提升，同伴也一點一點地逐漸增加。

就像是一群人圍繞著火堆一樣。金伯利是個沒什麼溫暖的地方，尤其是這種對誰都一視同仁並廣為接納的溫暖，即使存在也馬上就會消失。

然而，這次的火焰前所未有地頑強。獲得周圍的認同後，集中在少年身上的視線慢慢從覺得奇妙轉變為尊敬。艾爾文．戈弗雷的名號逐漸在校內傳開，就連高年級生都對他另眼相待。

「…………」

然而，隨著少年變得愈來愈耀眼，他身邊的汙點也變得愈發顯眼。

即使少女盡可能低調，還是無法抑制身體自然散發的惹香。不是所有人都會像戈弗雷那樣努力克服，不出所料，新加入的同伴們開始討厭少女。

「都沒有人能處理一下那個女孩嗎？再怎麼說都太沒節操了吧。」

「別說了。戈弗雷學長很中意她。」

「誰知道。雖然難以啟齒，但學長該不會是被她誆騙了吧？」

到處都傳出不滿的聲音，這些聲音一點一點地將少女的心逼入絕境……隨著同伴的數量大幅增加，原本由奧菲莉亞負責的治癒咒語也愈來愈不缺人手。這本來是件令人高興的事情。因為贊同者增加，表示戈弗雷的活動確實有所進展。

「不知不覺變成一個大家庭了呢……奧菲莉亞，這都要感謝妳。如果不是妳和卡洛斯幫我療傷，我一定早就死在迷宮裡了。」

更重要的是，戈弗雷的這些話讓她開心得不得了。正因為想聽他多說幾次，奧菲莉亞才不想把這個工作讓給其他人……因為她現在只剩下這個方法能夠待在他身邊。

「——妳應該也發現了吧？妳留在這裡只會妨礙他。」

與新成員之間的摩擦持續不斷。有人試圖誠懇地說服她，也有人集體恐嚇她，但他們的要求都只有一個。離開戈弗雷的身邊——這就是他們對奧菲莉亞的期望。

「妳的惹香會不分對象地吸引男性的注意力。光是這樣就會對集團造成嚴重的不良影響，但最大的問題還是妳跟領導人戈弗雷走得太近。對所有人都一視同仁是他的美德，但只要妳待在他身邊，就會損害他的名譽。」

「大家都這麼想。為什麼戈弗雷要把擁有這種棘手體質的人留在身邊，該不會是被妳的美色給騙了。」

「——別開玩笑了。」

少女難得以激動的語氣回應。她早就習慣別人討厭自己的惹香，但無法忍受別人認為戈弗雷受到惹香的誘惑。因為少年為了能夠坦率面對她，付出了許多辛苦、時間和誠意——這一切對少女來說都是無可取代的寶物。

「妳敢說戈弗雷將妳留在身邊，和惹香一點關係也沒有嗎？那我反過來問妳，妳到底是憑什麼獲得現在的待遇？」

「——唔——」

「我知道妳在這個團體還沒什麼人會治癒魔法時就加入了，也不打算否定妳至今的功勞，但現在情況已經不同了吧？其他同伴也跟妳一樣會治癒魔法，而且他們還不會像妳這樣不分對象地散布惹香。」

簡單來講，他們認為應該將這份工作讓給其他適合的人，而且這個主張還有一定的說服力。奧菲莉亞也明白——既然有惹香這個負面要素，如果想繼續守護自己目前的立場，就需要治癒魔法以外的武器。

少女感到焦急，覺得自己被逼入絕境……到底該怎麼辦。要向這些人展示什麼，才能證明自己有資格待在戈弗雷身邊？

不過只有一件事情非常清楚——那就是自己絕對不可能選擇放棄。

「……你們有比我強嗎？」

所以她瞬間改變立場，表示自己並非只會治療，還是直接的戰力。學生們聽見後不屑地笑道：

「那還用說……不然要不要現在試試看？薩爾瓦多利的妓女。」

對方明顯非常鄙視她——無論是在魔法劍或咒語學的課堂上，她至今都沒什麼突出的表現。即使治癒魔法用得還不錯，但戰鬥能力只有三流水準，這就是周圍的人對她的評價。

「……嗯，就來試試看吧。」

空氣瞬間變得緊張。少女立刻往後退拉開距離，學生們在咒語的攻擊範圍內將手伸向杖劍。奧菲莉亞憐憫地看著他們。

沒錯，他們都誤會了。少女至今之所以在戰鬥方面沒什麼表現，絕對不是因為缺乏戰鬥能力。她單純只是——不想讓戈弗雷看見自己原本的戰鬥方式。

「——**誕生吧。**」

如同少女的預料，接下來開始的是單方面的蹂躪。

「我比你們所有人強」。為了能繼續待在戈弗雷身邊，「展現這樣的價值」可說是非常有效。周圍的反應讓她確信一件事——繼續當個安分守己的治癒師，只會被人搶走自己的容身之處，所以她徹底改變自己的態度。

在那之後，她對所有人的挑釁都照單全收。只要有人抱怨，她就用實力讓對方閉嘴，或是讓對方變得衰弱後，立刻用魅惑支配其精神。這就是她認真起來的樣子。

雖然同年級的學生都不是她的對手，但對付習慣戰鬥的二三年級生時就不能大意。四年級以上的學生更是連惹都不能惹。為了能夠隨時應戰，她必須多孕育一些強悍的合成獸。而她也毫不猶豫地這麼做了。

「莉亞，別再這樣了！就算妳不這麼做，艾爾也不會捨棄妳——」

她甚至對兒時玩伴的制止充耳不聞。過去的笨拙已經蕩然無存，奧菲莉亞自從改變方針後，行事就變得當機立斷。該怎麼做才能死守戈弗雷親信的立場，該怎麼做才能擊潰那些會扯後腿的礙事者——只要把一切都看做是這種戰鬥，就不需要煩惱了。只要比任何人都狡猾和貪婪，「恢復魔法師應有的姿態就行了」。

她這樣的態度必然也感染了其他人。宣示自己的力量，透過擊潰別人取得想要的地位——這樣的鬥爭變成集團內的常態。不幸的是，隨著人員急速增加，戈弗雷也變得無法照顧到所有人。過去平穩的「氣氛」逐漸消失，他們的集團已經徹底變質。

「你們也該適可而止了！怎麼可以起內訌……！」

戈弗雷也發現這個趨勢，努力想要補救，但他這時候還極度缺乏作為領導者的經驗。若像一開始那樣只是個五到六人的團體，或許還有機會，但要同時管理幾十個人並非易事。同伴們的內訌一天比一天激烈，束手無策的他只能不斷苦惱。

「放心吧，學長……我不會改變，會一直待在你身邊。」

相反地，就連戈弗雷內心的糾葛，都被奧菲莉亞當成能夠繼續留在他身邊的「破綻」利用……對她來說，比起組織順利運作，這種危險的狀況反而更加有利。在以前那種和平的集團裡，散布惹香的存在會首先被當成異物排除。雖然在清澈的水裡沒有容身之處，但只要全體都一樣混濁，異質的存在就能趁機混過去。

「……奧菲莉亞，別再煽動周圍的人了。我實在看不下去了。」

然而——一旦集團的氣氛按照她的期待惡化，就會有人發現她的企圖。第一個指責奧菲莉亞的，是她也很熟悉的初期女成員蕾賽緹．英格威。蕾賽緹特地找機會和她一對一談話，而且用的是勸誡的語氣而非責備。

「……怎麼了。我什麼都沒做喔？」

「少給我裝傻……妳魅惑了一部分的成員，讓他們變成自己的手下。如果只是反擊找碴的對象，那我還能當作沒看見，但這明顯違反了規定。要是被戈弗雷知道，他絕對不會原諒妳。」

蕾賽緹看穿奧菲莉亞的手法，以嚴厲的視線瞪向她。奧菲莉亞臉上的表情突然消失。

「……妳也討厭我這種女人待在戈弗雷學長身邊嗎？」

「……？……妳在說什麼。我是在跟妳討論集團的規律——」

「妳覺得自己才配得上他嗎？」

奧菲莉亞單方面打斷對方的話持續說道。下一個瞬間，蕾賽緹就用右手抓住她的臉頰。

「喂，臭丫頭，發神經也要適可而止——妳連敵我都分不清楚了嗎？」

「…………」

「聽好了。我是在對妳提出忠告，如果妳以後還想繼續待在戈弗雷身邊的話……妳以為現在的作法很有效，但其實根本都是反效果。妳正在自己全力疏遠他。

趁一切還來得及……快點察覺啊！」

蕾賽緹激動地說完後，就放開奧菲莉亞轉身離開。少女望著她的背影嘟囔道：

「……不然妳告訴我，除此之外還有什麼方法。」

沒錯，少女對這些都一無所知。無論是與人來往的方法，交朋友的方法，還是戀愛的方法。所以她全都以魔法師的方式去做。設定好「待在戈弗雷身邊」這個目的後，接下來就是不擇手段達成。這才是最確實的方法。

「……好臭。」

然而這種作法必然會踐踏結果以外的許多事物。包含在過去共度的時光中，一點一點累積的少數友情。

「好臭、好臭、好臭……雖然之前還能夠忍耐，但已經到極限了。妳現在實在太臭了。」

兩人一組走在迷宮內時，提姆對奧菲莉亞如此說道。與平常那種摻雜著親近感的失禮語氣不同，而是降到冰點的聲音。他以責備的眼神瞪向少女。

「妳根本是盡情在散布惹香……完全沒在控制。妳打算將周圍的男性全部收為己用吧。」

奧菲莉亞沒有否認，反而將視線移向對方的下半身，露出妖豔的笑容。

「……你的『那個』也有反應了嗎？」

「別開玩笑了，我的只會對學長有反應，絕對不會對妳有反應。」

提姆厭惡地斷言。全力散布的惹香，已經等同是強制他人發情的暴力。壓倒性的魅惑有時甚至能夠扭轉個人的性取向。為了抵抗這股暴力維持自我，少年現在一刻都不能鬆懈。

「妳正在踐踏我的感情，打算像對待妳的那些部下一樣剝奪我的意志，將我貶低為單純的禽獸……我說的沒錯吧？」

「…………」

這陣沉默就是回答。提姆握緊的拳頭不斷顫抖。

「妳打算最後也像這樣引誘戈弗雷學長嗎……我們明明認識了這麼久，一起吃過同一塊麵包，還一起出生入死那麼多次——這就是妳想做的事情嗎？」

少年的眼裡充滿怒氣，但也包含了一樣多的悲傷。奧菲莉亞頓時感到一陣心痛，但馬上斷定這只是錯覺——自己沒有朋友。這種失去後會心痛的友情，打從一開始就不存在，這一定是錯覺。

「妳快否定啊……告訴我事情不是這樣啊，奧菲莉亞──！」

提姆大喊著拔出杖劍，少女露出自以為是嘲笑的僵硬笑容，正面迎擊。

等回過神時，眼前的少年已經遍體鱗傷地倒在地上。此時趕來的戈弗雷的表情──那個摻雜著憤怒、悔恨與自責的表情，少女至今仍無法忘懷。

「──學長，我……」

奧菲莉亞正打算向眼前的人搭話──驀地想起這已經是很久以前的事情了。

回過神後，她發現眼前根本沒有什麼戈弗雷，只有許多四處徘徊的小型合成獸和熟悉的工房。她用顫抖的手拿起懷錶，發現距離上次看錶已經過了五個小時以上。她並沒有睡著，而是一直坐著作白日夢。

「……呵呵呵……已經無法區分夢境與現實啦……終於要開始了。」

她的身體即將失去作為人類的機能，隨時都有可能墜入魔道。在對此有所自覺的情況下，少女緩緩從椅子上起身。

「……我不想在這裡開始……去外面……」

奧菲莉亞踩著搖搖晃晃的腳步打開門，走到工房外，開始她以人類身分進行的最後一場流浪。

「……她的氣息遠離了。」

在隔壁的牢房側耳傾聽的歐布萊特，也發現魔女離開了工房。這件事代表的意義，讓皮特緊張地嚥了一下口水。

「現在是好機會，可能是最初也是最後的機會——做好覺悟了嗎？」

「……嗯。」

少年忍著顫抖點頭。他早就做好覺悟——為了活下去，已經沒有時間害怕了。歐布萊特對少年充滿決心的表情表示肯定。

「開始吧。我會負責吸引合成獸。」

皮特按照指示用手指把魔力灌入之前埋在肉柵欄內的兩顆炸裂球，然後立刻退開，趴在地上摀住耳朵。幾秒鐘後，爆炸聲穿透手掌傳進耳裡——他回過頭，發現肉牢上開了一個洞。

「……唔！」

丟出去的煙霧球一開始冒煙，皮特就逃出監牢——在合成獸搞清楚狀況前的短暫時間，是能否成功逃脫的關鍵。他按照事先反覆在腦中模擬的流程，趁著煙霧逃到隔壁房間。

「過來啊，你們這群畜生！由本大爺親自當你們的對手！」

這段期間，歐布萊特幫忙吸引了趕來的合成獸的注意，但他早就將重要的魔法道具都交給皮特，現在是名副其實的手無寸鐵。再加上劇烈運動會吸入大量惹香，他現在連逃出牢籠都辦不到。

如果皮特不快點找到魔杖，他可能會被合成獸折磨致死。

「到底在哪裡……！魔杖、魔杖……嗯？」

皮特環視屋內尋找魔杖，到處翻箱倒櫃。因為也有可能已經被破壞或丟棄，所以如果沒有馬上找到就得放棄。現在離他心裡定的二十秒限制愈來愈近——

「……找到了！」

最後幸運還是站在他們這邊。或許是奧菲莉亞根本沒把這些抓來的學生放在眼裡，他們身上的白杖和杖劍都被收在房間角落的箱子裡。皮特先找出自己的裝備，然後按照事前聽說的特徵找出歐布萊特的杖劍。

「這是你的杖劍！快接住！」

皮特立刻跑回牢籠所在的房間，他瞄準肉柵欄的空隙，將杖劍丟給正在頑強地與合成獸搏鬥的歐布萊特。少年一拿到武器就露出笑容。

「幹得好！——**冰雪狂舞**！」

歐布萊特立刻詠唱咒語，對合成獸展開反擊。他以尖銳的語氣，對鬆了一口氣的皮特喊道：

「你還在幹什麼！快點出去求救！」

「可是你——」

「動作快！薩爾瓦多利發現異狀就會馬上回來！」

歐布萊特獨自抵擋所有的合成獸，大聲喊道。這讓皮特打消迷惘，從魔女沒有上鎖的大門逃出工房，然後看見一片陌生的沼澤地。

「呼、呼……！」

即使已經逃離工房，還是完全無法放心。究竟是危險會先來，還是救援會先來——接下來幾乎只能賭運氣。皮特在明白這點的情況下，將魔力注入歐布萊特交給他的救難球。吵鬧的聲音與魔力波迅速朝周圍擴散。

「拜託，一定要有人來……！」

皮特拚命傳遞的訊息，馬上傳入一個少年的耳裡。

「——是救難球！就在附近！」

奧利佛一聽見就立刻大喊——這時候，他們四人已經渡過沼澤抵達對岸，開始下船搜索。他立刻轉向聲音的方向，其他三人也跟著看向同一個方位。而合成獸們當然也聽得見這個聲音——這表示如果那裡有需要救援的人，接下來就要開始跟時間賽跑了。

「現在不是懷疑是否為陷阱的時候——快過去吧！」

不用密里根催促，其他三人已經直線衝了出去。同伴正在前方等待救援，他們對此毫不懷疑，持續在泥濘中奔馳——

第三層十分遼闊，所以求救信號能傳達的範圍還不及整體的十分之一，但此時在那個範圍內的魔法師，絕對不只奧利佛等四人。

「——是救難球！」

卡洛斯的耳朵一捕捉到空氣中的細微聲響，就立刻停下腳步大喊。戈弗雷也急忙走到他旁邊側耳傾聽，但過幾秒就搖頭。

「……不行，我聽不見。看來離這裡很遠。」

「我來帶路。艾爾，快走吧！」

卡洛斯開始奔跑，戈弗雷也立刻緊跟在後，他對聲音不像朋友這麼敏感。兩人倚靠少年的聽力，全力趕路。

「是這個方向……可能是諾爾的朋友。夏儂，我們快點過去！」

同樣地，奧利佛的親戚兼「臣子」——格溫．舍伍德和夏儂．舍伍德也開始奔跑。救難球的聲音剛好勉強在聽覺的極限範圍內，而格溫的聽力也不遜於卡洛斯。另一方面——兩人還不知道奧利佛也在同一個階層。

「……莉亞……！」

夏儂以悲痛的聲音喊出造成這一切的魔女的名字……她們之間的關係無法簡單用敵人這兩個字帶過。格溫能夠體會她的心情，但還是冷靜回應：

「我不認為她現在能與人溝通。見面之後——就只能開戰。」

「……唔……」

哥哥平淡的聲音，讓夏儂用力咬緊嘴唇。無論她怎麼想，都無法改變這個事實。面對墜入魔道者，就只有這個選擇。

「——嗯。」

走在前面的格溫突然停下腳步，夏儂也同時站定。即使現在的情況分秒必爭，兩人的判斷依然一致。

「**風槌擊打！**」

格溫一拔出杖劍，就用風魔法攻擊前方數十碼的地面。魔法命中處周圍的泥巴一齊飛濺起來——從底下露出白色的骨頭。

「……喔？是舍伍德兄妹啊。」

從泥巴底下出現一個由骨頭組成的奇怪球體，一名男子在球內部訕笑。看穿對方埋伏的格溫，瞪向這個熟悉的對手。

「……利弗莫爾。」

「好久不見了，格溫……你大概是聽見了聲音，但我勸你別過去。去了一定會遇見薩爾瓦多利。那裡現在不需要你們。」

利弗莫爾像鬆開拳頭一樣展開骨球，從球裡走出來踏上和格溫等人相同的地面，然後對毫不放鬆警戒的兩人聳肩說道：

「我本來只打算讓『煉獄』和『聖歌』過去，沒想到來了這麼多局外人。例如帶著三個一年級生的蛇眼……但其實我也是呢。」

利弗莫爾低聲自嘲，但內容包含了眼前的兩人無法忽視的訊息。

「——等等，你剛才說什麼？」

格溫立即確認，利弗莫爾含笑回答：

「就是字面上的意思。蛇眼帶著一群一年級生來到這一層，好像是學弟妹拜託她幫忙救出朋友。」

「那些一年級生是誰？」

格溫注意不讓內心的焦急顯露在表情上，繼續確認。利弗莫爾撫著下巴回想。

「麥法蘭的女孩，不要命的武士——還有一個是誰來著？

……啊，對了，是奧利佛·霍恩。我記得入學典禮後，曾經在第一層稍微戲弄過他，所以記得他的長相。」

在聽見這個名字的瞬間，格溫與夏儂同時衝了出去。他們打算趁利弗莫爾不注意穿過他的兩側——但像是早就看穿他們的意圖般，蛇龍骨從利弗莫爾背後的泥巴裡竄出來，擋住兩人的去路。

「喔，別想過去。我說過了吧？那裡不需要我們。」

「讓開，利弗莫爾！」

格溫舉起杖劍激動喊道。對手見狀，像是覺得意外般歪了一下頭。

「喔？難得看見平常一本正經的你變得如此激動。你就這麼在意那個叫奧利佛的傢伙嗎？」

男子臉上的笑意加深。當然，即使察覺這點，他的態度也不會改變。

「但我不會讓你們通過。如果非要過去，就得先打倒我。這才是迷宮的規矩吧？」

既然雙方都不打算退讓，那就無可奈何了。舍伍德兄妹之間無須多言——為了開出一條通往弟弟的道路，兩人投身戰鬥。

「呼、呼、呼、呼……」

聽見聲音的魔獸接連從沼澤地裡湧出，所以皮特也不能一直待在同一個地方。他右手拿著杖劍，左手握緊救難球，氣喘吁吁地在沼澤地前進。然而泥巴很快就淹沒到他的膝蓋。

「這裡到底是哪裡……！……可惡，我的腳……！」

每前進一步，腳就埋得愈深，讓他的身體開始向前傾。皮特現在還不熟練步法，就連在沼澤地正常走路都有困難。即使如此，他還是設法撥開泥巴繼續前進。

「……唔……？」

皮特突然停下腳步。他的雙腳已經下陷至膝蓋，泥巴重到讓他連腳都抬不起來。少年努力掙扎想把腳從泥巴裡拔出來，但這個舉動反而使得身體愈陷愈深，讓他的臉色瞬間變得蒼白。

「是無底沼澤……？不、不會吧……！」

皮特拚命設法不讓自己的思考陷入混亂，將注意力集中在右手的杖劍上。有什麼咒語能夠擺脫無底沼澤——明明應該有許多方法，但就是想不到。他心裡湧出一股不輸恐懼的悔恨。自己至今究竟都學了什麼！

「咳……！來、來人啊！救命——！」

就在皮特猶豫不決的期間，連握著杖劍的手都陷入泥巴內。他已經無法揮動杖劍。逐漸滲進衣服裡的冰冷泥巴，讓他不得不意識到「死亡」。

「……呼……呼、呼……！」

即使很想大聲哭鬧，皮特還是在最後一刻忍住了……現在亂動只會加快下沉的速度。既然自己束手無策，剩下最好的選項就是「不要動」，這樣才能多爭取到幾十秒，或是幾秒的呼吸時間。

「……唔噗……！」

就連這樣爭取到的時間都立刻用盡，泥巴終於淹到嘴邊。皮特用力吸進最後一口氣後，泥巴無情地淹沒了他的臉。

他心想，自己即將死在這裡。就在內心逐漸被絕望填滿時，他心裡浮現的不知為何既不是父母的臉，也不是故鄉的景色——而是經常照顧他的少年室友的臉。

——奧利佛……！

就在皮特以不成聲的聲音呼喚這個名字的瞬間，某人用力抓住他的手，將他的身體與魂魄用力拉向「生」的方向。

「——沒事吧，皮特！」

這個聲音讓皮特戰戰兢兢地睜開緊閉的眼睛。最後在腦中浮現的臉孔，不知為何近在眼前。

「……咦……？」

皮特的身體在他愣住的期間被拉了上來。來人毫不在意皮特身上的泥巴，用力抱緊他。此時傳來的體溫，瞬間驅散了泥巴的冰冷。

「……你真的很努力。做得好，做得太好了，皮特……！」

奧利佛抱緊對方，聲淚俱下地呼喚對方的名字。就在這一瞬間——皮特心裡的所有感情不禁潰堤而出。

「……嗚、啊——啊啊啊啊啊……！」

奧利佛將大部分的行李丟到地上，改揹著哭成了淚人兒的朋友起身。奈奈緒、雪拉和密里根三人趕來後互相點頭，然後所有人一齊跑了起來——現在沒有時間為重逢感到高興了。

「快逃吧！只要成功逃跑就算我們贏了！」

四人屏息在沼澤地上奔馳。儘管心裡著急，還是不能騎掃帚。在這個階層飛行絕對會被地上的人發現，而且其中一個人還要多載一個皮特。如果對方也跟著使用掃帚，一定會被追上。

「只要渡過沼澤就能逃掉……！再忍耐一下，皮特！」

雪拉鼓勵順利救回的朋友，繼續奔跑。四人目前的目標是再次搭船橫渡沼澤——這樣就能擺脫敵人的追蹤。奧菲莉亞不太可能會為了皮特一個人追到沼澤對面。只要一切順利，之後就只要避開合成獸回去就行了。

「……奧利佛……！奧利佛……！」

皮特非常用力地從背後抓緊奧利佛的肩膀。若情況允許，奧利佛也想繼續抱緊朋友……被抓到魔女的工房究竟讓他感到多麼害怕，而他又是鼓起多大的勇氣才逃到這裡。這次的救援行動真的是千鈞一髮。奧利佛找到朋友時，他差點就溺死在泥巴裡了。

「……嗯……」

一行人以最快的速度在溼地上奔跑，但帶頭的密里根突然停下腳步。奧利佛皺起眉頭跟著止步——他差點就開口問為什麼要停下來？現在的狀況應該是分秒必爭才對。

「……果然不可能這麼順利。」

但奧利佛在開口前，就察覺蛇眼魔女停下腳步的原因——應該說是被迫察覺到。

陰暗的沼澤地裡浮現出好幾對閃亮的眼睛，徹底擋住了一行人的去路……他們馬上就發現那些眼睛的主人並非這裡的原生生物。因為殺氣實在太強烈了。與至今交戰過的那些合成獸一樣，這是只有被設計用來殺戮的生物才具備的殺氣。

「……好多意外的臉孔呢……這是夢境？還是現實……？」

一個魔女領著超過十隻使魔走進溼地。以淤泥中的一朵蓮花來說，她的身影實在太過妖豔。奧利佛全身都因恐懼而顫抖。

他們遇見了造成這個狀況的元凶——奧菲莉亞．薩爾瓦多利。

「……啊，原來如此。我還在納悶你是怎麼逃出來的……原來你不是男性。」

魔女凝視著奧利佛背上的皮特，像是總算解開一個疑問般輕聲開口。

「性別和剛被抓來時不同……是叫兩極往來者嗎？沒想到隨便抓來的人當中，居然摻雜了一個稀有的孩子……」

奧菲莉亞以超脫俗世的語氣說完後，看向其他成員。奈奈緒、雪拉，然後是奧利佛——最後，她疲憊地嘆了口氣。

「真是的，Mr.霍恩——你到底想無視我的忠告幾次。明明只要捨棄那孩子就好……居然還多帶了兩個朋友來這裡……」

雖然事件的元凶應該沒資格對被害者說這種話，但現在不是回嘴的時候。奧利佛一面留意在背後顫抖的皮特，同時拚命思考有沒有方法打破這個狀況。即使他明白這是一件多麼困難的事情。

不曉得知不知道他的心情，奧菲莉亞轉而看向剩下那個人——現場唯一和她同年級的學生。

「真虧妳能帶這些人抵達這個階層呢……蛇眼，妳到底在想什麼？」

「因為他們說無論如何都想救朋友。作為學姊，怎麼能拒絕可愛學弟妹的要求呢。」

或許該說不愧是四年級生，密里根以一如往常的語氣回應，但奧菲莉亞一聽就皺起眉頭。

「我從以前就討厭妳這點……居然在學弟妹們面前裝好人，妳的本質明明跟我差不多。」

「哈哈哈——妳說的沒錯。」

密里根苦笑地聳肩，然後改變話題的方向。

「先不管這個，我想跟妳商量一件事——妳能不能放我們一馬？我們來這裡只是為了救皮特，也不好意思在妳正忙時繼續打擾，只要妳願意，我們立刻就會從妳眼前消失。」

「…………」

「不過是少了一個皮特，應該不會對妳想做的事情造成影響吧？我們沒理由妨礙妳，妳現在也沒空跟我們打鬧。不覺得雙方利害非常一致嗎？」

儘管密里根的語氣十分冷靜，在一旁聆聽的奧利佛心裡卻十分緊張——沒錯，現在唯一的生路就是拜託對方放過自己與同伴。既然在這個階層遇見了奧菲莉亞·薩爾瓦多利，可以說所有人的生死有九成都是掌握在眼前這個魔女的手中。絕對要避免情勢朝戰鬥的方向發展。

「我們就穩便地道別吧。啊——當然，還得填補帶走皮特造成的損失。我會留下一個珍貴的魔法藥，妳覺得這樣如何？」

密里根也明顯試著朝這個方向交涉。奧利佛不知道她有幾成把握。唯一能確定的是，自己心裡一點都不覺得樂觀。

「……真是可笑，蛇眼。妳——還以為自己是在和人類對話嗎？」

像是在印證少年的直覺般，奧菲莉亞的嘴角露出憐憫的微笑。奧利佛和雪拉都被迫清楚體認到——這段對話打從一開始就毫無意義。

「妳可別搞錯了。我來這裡並不是為了帶回那個孩子……只是茫然地朝熱鬧的地方走。我在找地方『開始』，而那碰巧是這裡罷了——」

沒有人能夠阻止這個魔女。就像即使知道太陽會下山，人類也無法做出任何干涉一樣。

——野獸渴望翅膀　飛鳥欣羨手臂　游魚追求雙腳　草木憧憬血肉

然後就開始了。宛如從杯子裡溢出的酒般，咒語從她的嘴裡流洩而出。

「快阻止她詠唱！」

密里根的表情瞬間失去餘裕。奈奈緒和雪拉立即拔出杖劍，奧利佛放下皮特後也跟著參戰。原本在後方待命的合成獸一齊上前守護主人。

物種分支萬千　盡存吾等體內

事到如今，已經沒空一一找出牠們的弱點。為了破壞守護魔女的魔獸組成的防線，雪拉變身成精靈體，全力放出二節咒語。然而即使用雷電燒死一隻魔獸，旁邊的個體還是會立刻上前填補空缺，讓打算從那裡切入的奈奈緒與奧利佛被迫停下腳步。

收集碎片　不斷拼湊　尋求生命的解答

密里根接連詠唱，火之長槍與冰之長槍飛向上空，以刁鑽的角度襲向奧菲莉亞，但合成獸們從底下伸出觸手抵擋那些攻擊。奈奈緒原本想騎掃帚衝進去，但被奧利佛攔住。那些合成獸對來自上空的攻擊早有防備，輕率飛過去馬上就會被擊墜。

然而問無止盡　縱使跨越漫長時光　仍無法滿足對生命的探究

密里根提升全身的魔力。她解放儲藏在子宮內的魔力，繼續詠唱更強的魔法。那已經超越二節，是「三節詠唱」的火焰咒語——只有身體已經成熟的魔法師才能發揮出來的威力，她將一切都賭在這一擊上。奧利佛等人看著三隻合成獸瞬間被火焰吞沒。

既然如此　便以無盡之式作為解答

奧利佛等人確信這是最後的機會，一齊往前衝。他們在火焰的掩護下穿過合成獸的防線。三人一突破防線，就有新的敵人從天花板跳下來阻擋去路。那是一隻全身都被岩石覆蓋的未知合成獸。

生命們　交融吧　此處容許無限的嘗試

四人停止動作。若有機會突破防線，無論希望再怎麼微薄，他們都會勇於嘗試，但就是找不到破綻。他們無法想像突破這層防守的畫面。奧利佛只能立刻帶著奈奈緒和雪拉一同回到密里根身邊，以免被合成獸們包圍。

放縱情欲　直到永遠　唯此能讓生命連綿不絕

已經沒有人能夠阻止，奧菲莉亞的詠唱響徹周圍。奧利佛拚命思考對策，但只要想不出有效的計策，就無法採取任何行動。奈奈緒、雪拉和密里根也是同樣的狀況。

在吾腹中嬉鬧的愛子們　無論爾等死亡幾次吾皆會重新孕育

所有人都感受到一陣強烈的耳鳴。聲音和景色開始扭曲，形成世界的法則不斷崩解，直到消失無蹤。皮特怕到抱頭蹲下，不敢直視眼前的景象。他覺得自己要是看了一定會發瘋。

讓呱呱墜地之聲不絕於耳吧——「子宮殿」！

這段詠唱抹消了一切，創造出新的空間。

四人環視周圍，發現四面八方都被鼓動著的肉牆包覆，腳底也爬滿了大大小小的血管。那些會配合血液流動收縮的血管，散發出生物特有的溫度。

「……唔……！」

儘管是讓人想吐的駭人光景，但同時也讓他們莫名感到懷念。本能不斷訴說自己「知道這個地方」。即使沒有記憶，身體也會記得——記得自己這條命的起點。

他們人在肚子裡。這個廣大的子宮，就是吞沒他們的「魔」的樣貌。

「……奧利佛，這是？」

「——是、絕唱……」

少年喘著氣回答奈奈緒的問題。濃密的惹香從鼻腔流進腦髓，光是呼吸就讓他覺得快要瘋了。奧利佛立刻咬了一下自己的臉頰內側，藉由疼痛維持理性。雪拉代替他繼續說明。

「……絕界詠唱（古蘭德亞里亞）。只有窮極特定魔道之人才能抵達的，魔法師的終點。

和不過只是在現實世界引發魔法現象的咒語不同，絕界詠唱展開的『魔』會以塗改現實的方式顯現。就像在既有的畫作上重新畫一幅新的畫……」

雪拉懷著畏懼、戰慄和某種尊敬的情緒說道……魔法師「墜入魔道」的形式有很多種，但只有極少數人能夠抵達絕唱的境界。歷史悠久的名家後裔，超越常理的獨特個體——無論原因為何，只有擁有出類拔萃的「某種要素」的人能夠獲得這項榮譽。就算稱之為魔法師的最高境界也不為過。

「沒錯。她年僅十八歲就完成薩爾瓦多利的魔道……無疑是個天才。」

密里根的語氣透露出羨慕，但她立刻甩掉這股情緒，以銳利的眼神環視周圍……乍看之下，這個吞沒了他們的世界並沒有出口。不過既然這個魔法是以子宮的形式展現，概念上應該會有通往「外界」的產道——但如果認為施術者會放他們走，那已經不是樂觀，而是妄想了。

「這裡已經變成一個與外界隔絕，由施術者建立的新法則支配的另一個世界。我們已經無法靠自己的力量出去，外面的人也無法進來救援——除非施術者自己解除術式，或者死亡。」

密里根像是在說如果硬要尋找希望，就只能從這個方向著手。

「——那是？」

在總算逐漸掌握狀況的奧利佛等人面前，肉之大地生出數個隆起。在他們的注視下，那些宛如巨大肉瘤的隆起一一從內側破裂，伴隨著刺耳的啼聲，許多異形從裡面爬了出來。這些新誕生的合成獸全都擁有不同的外表。

「……『以無盡之式作為解答』……」

奧利佛唸出讓他印象深刻的其中一節咒語……他總算隱約明白剛才聽見的詠唱代表的意義。所謂的合成獸，原本就是為了創造出「完美的生命」才誕生的存在。這世界上的所有生物都有某種缺陷。然而另一方面，生物擁有的基因組合是有限的，所以有些人打算從那些組合中找出「正確答案」，靠自己的力量摸索自然界不存在的組合。

薩爾瓦多利的祖先——純血的淫魔，可以說就是以種為單位追求那個「正確答案」的一族，但她們在達成目標前就滅亡了。她們沒有找到自己追求的唯一正確答案，最後也沒能成為任何存在。

「……唔……」

為了抵抗惹香，奧利佛努力讓腦袋運轉進行推測——以祖先的失敗為教訓，薩爾瓦多利的魔法師們做出了調整，她們對「完美的生命」這個目標沒有意見，但認為生命的本質就是變化和進化，以及永無止境的反覆嘗試。只有從中產生的無限多樣性，才能讓生命不斷延續下去，這就是她們的結論——

「喂——這是怎麼回事？不會吧，不會吧……？」

一道驚訝的聲音打斷奧利佛的思緒，他立刻看向聲音的方向。在離五人約二十碼的地方，有個慌張地環視周圍的女學生，以及比她年幼的少女。雪拉在看見兩人的瞬間，就驚訝地睜大眼睛。

「史黛西？妳怎麼會在這裡……！」

「……被捲進來啦，運氣真是不好。」

奧利佛覺得密里根這段話應該就是答案……大概是聽見救難球的聲音趕來後，隔了一段距離觀望他們和奧菲莉亞接觸，但最後還是被捲入絕唱的展開。雖然對當事人不好意思，但真的只能說是運氣不好。

「不好意思，這狀況大概有九成的機率會完蛋——你們三個知道該怎麼做了吧。」

密里根開口確認，三人默默舉起杖劍代替回答——他們早就跟留在學校的同伴約好了，所有人都要平安無事地回去。

「……沒錯，魔法師才不被允許擁有絕望這種奢侈的東西——！」

蛇眼魔女的笑容裡蘊含著不屈不撓的意志。奈奈緒像是在呼應她般鼓起鬥志，頭髮也變成令人炫目的純白色——就這樣，他們最後的抵抗開始了。

「**燒灼地面，覆以焦熱！**」

在開戰的瞬間就爆出火焰。密里根一開始就使出最大火力，牽制絕唱展開前剩下的合成獸。對付這個數量的敵人需要陣形，她冷靜地從這點開始著手。

「莉涅特，張開結界！需要有人負責防守！妳還算擅長操控領域吧！」

「在這種狀況？別期待會有多大效果喔……！」

突然被人要求協助的史黛西的姊姊——莉涅特．康沃利斯淚眼汪汪地開始在地上畫魔法陣。奧利佛慶幸對方是個坦率的人。即使是那些合成獸，也無法輕易打破四年級生全力維持的結界。現在姑且有個安全地帶——就算只能比待在其他地方多活幾分鐘。

「奧、奧利佛……！」

「皮特，你先在這裡等一下！我們一定會想辦法！」

讓皮特去正在成形的魔法陣後方避難後，奧利佛看向持續逼近的合成獸。該先對付哪一隻，該如何應戰，要思考的事情實在太多了。放眼望去，全都是強到必須賭上性命才能應付的魔獸。

「費伊——把費伊還給我啊啊啊！」

「冷靜點，史黛西！必須配合大家的腳步！」

雪拉站在彷彿隨時會衝出去的兒時玩伴旁邊，維持精靈體的狀態開始詠唱。目前能夠用大火力迎擊的人就只有她和密里根。奧利佛和奈奈緒的工作，是設法別讓敵人靠近那兩人。

「喝啊啊啊啊啊！」

「喔喔喔喔喔喔！」

就這樣，他們開始進行一場宛如必須擊退永無止境的海浪，沒有終點的戰鬥。

持續靠近的觸手，不斷揮下的鐮刀狀前肢，以及數不盡的毒液。奈奈緒閃躲、架開、鑽過這些攻擊，揮舞手上的刀斬斷敵人。奧利佛持續對敵人使出各種魔法，用閃光妨礙視線，用火焰擾亂溫覺，用會發出噪音的誘餌迷惑聽覺，最後用攻擊魔法貫穿敵人的身體。

他徹底活用從密里根那裡學到的技術。不如說如果沒有好好活用，就連想多活一秒都很困難。只要犯下一次失誤，或是多花一秒判斷，很可能就會馬上沒命。只要一個人倒下，陣形就會全面崩潰。如果不使出渾身解數全力抵抗，根本無法在這個地方生存。

「……表現不錯……你們真是善戰呢……」

此時傳來一道聲音。在無限湧出的大批合成獸當中，站著一個美麗又令人生畏的女性。她腰部以下已經不是人類的身體，說得更貼切一點，從這片肉之大地直接長出了她的上半身。那人正是這個世界目前的主人，或者應該說是這個世界的化身——奧菲莉亞·薩爾瓦多利。

「沒想到居然還有人格殘留……！墜入魔道的感覺如何啊，薩爾瓦多利！」

密里根看見對方現身，大聲問道。奧菲莉亞低頭觀察自己現在的樣子，像是在確認狀況般將手開開合合，然後微笑地說道：

「……糟透了……跟我預想的，一樣……不過……看來還能，再撐一會兒……至少能，送你們最後一程……」

「哈哈！真是感謝妳的關心！」

密里根在回答的同時，用二節咒語擊倒被奈奈緒擋下的合成獸。即使現在根本沒有餘力閒聊，密里根還是看向徹底變貌的魔女。

「妳也真是不死心！該不會是有什麼遺憾未了吧！」

密里根狠狠出言諷刺。奧菲莉亞的肩膀瞬間晃了一下。

「……妳說，什麼……？」

「我說的沒錯吧？不然怎麼會硬撐這麼久。是未滿四年的學校生活還留有什麼遺願嗎？哈哈哈——這也難怪！畢竟妳的初戀結局很慘啊！」

密里根大笑說道。這段露骨的嘲弄，讓奧菲莉亞握緊拳頭顫抖。

「……給我，閉嘴……」

「哎呀，被我說中了？真不好意思。不過——就算是年輕不懂事，妳也太不了解自己了。再怎麼說都不會選戈弗雷主席吧。這就像住在沼澤地的蛇愛上了在陸地奔馳的一角馬一樣。連小孩子都知道不可能會有結果。」

此時，奧利佛也察覺密里根的意圖——她是想讓對方動搖。既然奧菲莉亞的人格還在，就有趁虛而入的可能。只要這個可怕世界的支配者，還有會因為嘲弄動搖的心。

「妳頂多只能用天生的魅力勾引他，搶奪他的精子。無視人心，提前獲取結果，這就是你們家族代代相傳的作法吧。哎呀，真是令人敬佩——不愧是淫魔的後裔。我實在學不來。即使同為魔法師，『我也無法變得那麼下賤』！」

「——給我閉嘴啊啊啊啊啊！」

最後密里根成功了。原本將現場所有人都當成目標的合成獸，瞬間一齊撲向密里根，彷彿能夠共同體會母親的憤怒。

「「**閃光灼目**（馬古努斯），**爆音震耳**（弗拉葛）！」」

這就是魔女的目的。她趁所有合成獸的注意力都集中在自己身上時，與雪拉一起全力施展咒語——朝周圍放出閃光和爆炸聲。

「唔……？」

對現場的所有合成獸與奧菲莉亞來說，就像是正面中了閃光彈一樣。接下來他們的視野會變得一片空白，暫時有一段時間感覺不到任何東西。雖然只有短短數秒——但已經足以讓蛇眼魔女採取行動。

密里根在詠唱的同時跳上掃帚，趁觸手停止迎擊的幾秒鐘飛到奧菲莉亞頭頂，然後毫不猶豫地跳下去。

「——唔……！」

奧菲莉亞在兩人接觸前恢復視力，並立刻迎擊近在眼前的敵人。她從與肉之大地融合的下半身伸出觸手，瞬間纏住了密里根的四肢。

「……唔？」

杖劍還差一點才能刺中。不過，這已經是能夠「瞪視」的距離。在凌亂的前髮底下閃耀的石蛇之眼——那道不祥的視線，封住了奧菲莉亞的所有行動。

「看來妳動搖得不輕。到現在還是挺有人樣的嘛，薩爾瓦多利！」

密里根瞪著對手，瞬間脫掉長袍擺脫觸手。儘管雙腳仍未掙脫，但只要魔杖和嘴巴能動就能施展咒語。魔女在絕對不可能打偏的距離，詠唱決勝的咒語——

「——呃——」

但新的觸手從背後貫穿了她的肺。

「……真是愚蠢。我早就克服石化的詛咒。」

「密里根學姊！」

奧利佛察覺計畫失敗，大聲呼喊魔女的名字。然而，奧菲莉亞連看也沒看他們一眼，繼續盯著被自己觸手抓住的獵物。

「妳剛才說什麼，再說一次看看啊——妳說我怎麼了？」

觸手加重纏繞的力道碾碎手臂的骨頭，讓密里根手裡的杖劍掉落地面。再加上肺部被貫穿，她現在已經完全無法抵抗——即使如此，密里根還是繼續嘲笑對手。

「……妳沒聽見嗎？……我說妳到現在還是放不下。明明已經抵達魔法師的最高境界，妳心裡卻仍充滿了只有少女才有的後悔。虧妳還是比誰都要淫亂放蕩又縱情恣欲的薩爾瓦多利！……哈哈哈哈哈！這實在是太好笑了——！」

新的兩根觸手刺進密里根的腹部。奧菲莉亞刻意不堵住她的嘴巴，讓她持續發出慘叫，然後以冰冷的聲音問道：

「……看來妳不想死得太痛快。我就讓妳自己選吧，下次想要哪裡被貫穿？」

「——呃——啊——！」

體內被觸手蹂躪的密里根痛苦掙扎。即使近距離看著她的慘狀——奧菲莉亞也沒有因為虐待對手感受到喜悅，反而以扭曲的表情咬緊牙關。

「……沒有……沒有。我才沒有後悔——！」

被趕出明亮的場所後，人自然會走向陰暗迷宮的深處。

第二層還是太亮了，但第三層待起來就很舒服。這裡到處都很陰暗，也很少有人造訪。所有人都不想來這裡，就算來了也想盡快通過，對她來說，是最適合當成根據地的地方。

「……莉亞。」

然而，還是會有多管閒事的人追到這裡。低年級生獨自潛入這個階層十分危險——但他還是一個人來見她了。因為少年知道她現在不想見任何人……當然也包含少年本人在內。

「…………卡洛斯，給我滾。這裡是我的地盤。」

少女背對兒時玩伴，以冰冷的聲音對他說道。除此之外別無他法。她不想讓他來這種地方，也不想讓他看見現在的自己。不過——卡洛斯．惠特羅在明白這一切的情況下開口：

「回學校吧，我會幫妳跟大家說情。」

「別說蠢話了。」

怎麼可能同意——事到如今她哪裡還有臉回去。不僅肆意散布惹香將組織搞得一團亂，還將曾是同伴的少年打得半死，丟下他逃跑。她早就將信賴與友情全都踐踏殆盡。

「不要自暴自棄。只要好好說明，艾爾一定會原諒妳。妳應該也很清楚——」

少女早就知道兒時玩伴會這麼說……也知道他說的應該都是對的。

只要真誠以待，艾爾文．戈弗雷絕對不會捨棄自己。無論犯下幾次過錯——他一定每次都會原諒自己。

「……唔……」

所以才不行。每次被他原諒，自己就會感到心痛。而每次原諒自己，都會消磨他的內心——無論再怎麼渴望他的光芒，自己體內流的淫魔之血都絕對不會改變。

愈是喜歡他，愈是跟他待在一起，想將他的一切都占為己有的衝動就愈強烈。不曉得從何時開始，她的腦中總是作著甜美的惡夢，夢想著用最強的惹香將他變成自己的人。每次她都會對這樣的自己感到絕望。

為了逃離這份痛苦和擺脫他的溫柔，她將自己逼到絕境。這樣她就再也回不去，也不會想再去照得到陽光的地方。

「……唔？」

奧菲莉亞一轉身，卡洛斯就看見了她替自己設下的枷鎖。少女的腹部明顯隆起——裡面寄宿著一條不是合成獸的生命。

「——莉亞，妳……」

「……有高年級生拜託我，所以我就隨便幫他懷了一個。這是我的責任吧。」

面對啞口無言的兒時玩伴，奧菲莉亞以不帶感情的聲音說道——這也是出生在薩爾瓦多利家之人的義務。配合長年往來的家族要求，將自己的血分給他們。這對魔法師來說並不是什麼稀奇事，奧菲莉亞自然也沒有理由迴避。她的身體早已習慣生產，「不管要生幾個都不是問題」——讓她懷孕的高年級生一定也這麼想。

「…………」

沒錯，這對身體來說不算什麼，受傷的一直都是內心……但她最近也開始變得沒有感覺了。她早已接受自己是個方便的道具，心靈只是附屬品的事實。

然而——眼前的兒時玩伴不知為何露出痛苦的表情。明明都跟他說過不會痛了，他為什麼還要代替自己喊痛呢？

「……我不是說過要妳至少等到升上三年級——」

「那是你的意見，我沒必要聽你的。」

少女冷淡地回應。奧菲莉亞是在遵循魔法師的道理，少年不過是個守護者，沒有資格插手薩爾瓦多利家的事務。

「我再說一次，給我消失，卡洛斯——還是你想在這裡與我廝殺？」

奧菲莉亞將手伸向杖劍問道。若卡洛斯還想繼續說服她，就只能以魔法師的身分與她相爭。換句話說，就是不惜踐踏薩爾瓦多利家的歷史與眼前的少女，也要貫徹自己的魔道。

「……唔……」

當然，她也知道少年絕對不會這麼做。

「…………我還會再來。直到妳願意聽我說話為止，不管幾次我都會再來。」

卡洛斯立下堅定的誓言後，無奈地離開。沒錯——他一定還會再來好幾次，而少女也每次都會趕他回去。她會凍結自己的內心，拒絕他的所有溫柔。

「哼——妳墮落啦，淫魔。真是不意外到讓人覺得可笑。」

令人驚訝的是，在迷宮深層有許多她的同類。收集死者骸骨做成使魔的魔法師，用他獨特的說話方式表達侮辱、憐憫與歡迎。

「高興吧，這裡對妳來說應該是個舒適的地方。比起校舍——這裡更適合妳。」

這點奧菲莉亞也有同感。周圍都是同類，讓她感到很輕鬆。這樣她就能像面對自己時一樣，毫無顧慮地厭惡其他人。

「——**誕生吧**。」

她以詠唱代替回應。西拉．利弗莫爾臉上的嘲笑變得更深了。

「哈，一開口就是這個啊。看來妳累積了不少鬱悶。好吧——這也是前輩的義務。就陪妳玩玩吧。」

男子也以詠唱回應對方的殺意——在那之後，奧菲莉亞再也不缺能夠盡情互相殘殺，讓她發洩鬱悶的對手。

「……我知道自己是在多管閒事，但妳還是別再這樣比較好。」

她偶爾也會遇見凱文・沃克。這個男人是少數會對戈弗雷示好的高年級生，也經常協助他們。

「迷宮是用來潛入，而不是用來居住的地方。正因為我經常潛入迷宮，才更需要提醒自己不能忘記這條界線。唉，畢竟這裡是金伯利，所以校舍也好不到哪兒去——即使如此，那裡勉強是人的地方。有好人也有壞人，有好事也有壞事……包含這些在內，那裡是個能哭能笑的地方。」

「…………」

奧菲莉亞本人也不曉得該如何應付這個人。他與其他將迷宮當成根據地的同類明顯有所不同，但偏偏又比誰都擅長「活下來」。即使她主動挑釁，他也會輕鬆應對，是個非常棘手的對象。

「卡洛斯現在也拚命在替妳打造容身之處。這次為了讓妳不會被排擠，他聚集了一群擁有與性別相關的特殊體質的學生……妳繼續這樣真的好嗎？」

凱文從來不會糾纏她，每次都留下兩三句忠告就立刻離開……但那兩三句話總會刺入她的內心，真的是個棘手的對象。

「……很痛吧。」

最令人困擾的是這個人。儘管以前在校舍就多少有接觸——但在奧菲莉亞定居迷宮後，對方只要看見她就會過來搭話。

「……要，喝茶嗎？我有，不錯的茶葉……我，很會泡茶。」

而且還會像這樣笑著提出邀約。感覺就像被一隻小狗纏上，讓奧菲莉亞覺得非常頭痛。如果只是一般的同情，她還能乾脆拒絕——但僅限於這個人，她也知道「不是這種層次」的問題。

「……在這種地方開茶會？別逗我笑了。」

每次見面都要努力擺出冷淡的態度也很辛苦。雖然大部分的時候對方的哥哥都會同行，但他是卡洛斯的朋友，這又讓她覺得更加棘手。

「如果對場所有意見就上去。就算不去校舍，第二層也比這裡好多了。」

「舍伍德學長，你要拎著我的脖子把我抓上去嗎？」

只要像這樣表示拒絕，妹妹那邊就會露出真心感到寂寞的表情。奧菲莉亞很討厭這樣——所以她只有面對這個人時會主動迴避。

「沒事就快點消失……我可沒興趣和你們互舔傷口。」

結果這才是真心話……沒錯，因為懷抱「相同傷痛」的人，看起來就像是一面粗糙的鏡子。

「……奧菲莉亞，我來討回被妳抓走的同伴了。」

既然選擇當一個住在迷宮的魔女，那遲早會發生這種事。為了自己的魔道，她必須利用別人，榨取他們的精氣，肆意玩弄他們的身心。這種作法絕對會和「他」起衝突。

「戈弗雷學長，你特地來接人啊——你來得正好。這些人剛好已經沒用了。」

正因為知道這一天遲早會來臨，她事先做好詳盡的準備。之所以刻意抓走戈弗雷的同伴，就是為了這個目的。奧菲莉亞命令合成獸把那些學生搬到他面前，隨便丟到泥地上。

「……啊、啊、啊……」

「已經沒事了！我就在這裡，振作一點……！」

戈弗雷依序抱起他們，呼喊他們的名字。那些空虛的眼睛勉強恢復焦點——

「啊——咿——呃啊啊啊啊啊啊啊啊！」

「……咦？」

然後立刻發出淒厲的慘叫。三人仰天痛苦掙扎，在戈弗雷面前用力抓著自己的肚子，直到異形的手臂破腹而出。

「——什麼——」

三個人的腹部接連爬出合成獸。吞食宿主的血肉成長的合成獸們，在一片血海中蠢蠢欲動。奧菲莉亞對僵在原地的戈弗雷投以豔麗的微笑。

「生下了健康的孩子吧？我想偶爾也要試試看讓男人懷孕。好了，你把他們帶回去吧。不過那三個人無法承受至今接受的改造，應該都瘋得差不多了——希望他們全都能恢復正常呢。」

奧菲莉亞一字不差地唸出事先準備的臺詞。在青年背後待命的同伴們無法繼續忍受這個慘狀，衝出來用咒語燒死在腳邊徘徊的合成獸，替瘋狂地持續吶喊的同伴治療。

「……妳已經連內心都被迷宮的黑暗汙染了嗎？」

眼前的景象讓戈弗雷不再迷惘……無論犯下幾次過錯，他都能原諒，但懷著明確的惡意傷害並嘲笑同伴的人就不一樣了。

戈弗雷拔出腰間杖劍，將劍尖對準少女。他懷著堅定不移的鬥志，與敵人對峙。

「我跟妳已經無話可說——就在這裡做個了斷吧。拔出妳的杖劍，『薩爾瓦多利』！」

打從兩人第一次見面至今，戈弗雷從來沒有像這樣喊過對方的姓氏。

「——好啊。」

奧菲莉亞感受著一股彷彿心臟被貫穿的疼痛，拔出杖劍。一股奇妙的安心感在她體內擴散——再也不必受苦，不必在明亮的地方掙扎了。

這才是自己應有的樣貌。自己總算成為這個人的敵人了。

「……我才，沒有後悔……」

奧菲莉亞以顫抖的聲音說道。即使獲得了非人之軀，身為人類時的記憶依然折磨著她。

呼應她內心的糾結，合成獸們的動作也明顯變遲鈍。現在已經感受不到剛才那股源源不絕的壓迫感。察覺這點的奧利佛暫時後退，對一同拚死戰鬥的同伴說道：

「受到母體動搖的影響，合成獸們的鬥志減弱了……這是最後的機會。大家還能動嗎？」

「嗯——」「明白。」

雪拉和奈奈緒立刻表示肯定。即使她們的體力和魔力早就快要見底，依然完全沒有喪氣。

「我也還能戰鬥……！」「我會拚命保住結界！剩下就交給你們了！」

「……唔……！」

康沃利斯姊妹也各自展現覺悟，就連一旁的皮特都忍著顫抖握緊杖劍。奧利佛真心覺得感激。因為每個同伴到現在都還沒絕望。

他重新看向前方，密里根仍在奧菲莉亞面前被觸手抓住，就連是否還有意識都無法確認。不過——她賭命挑釁創造出來的機會，確實就在他們眼前。

「我們來當誘餌——奈奈緒，一切都賭在妳身上了。」

奧利佛拿起掃帚說道。雪拉也立刻察覺他的意圖。少年平常絕對不會選擇這種作法。雖然是無視風險的賭博，但如今已經沒有其他手段。

「我們會負責吸引合成獸的攻擊，妳趁機全力飛到奧菲莉亞·薩爾瓦多利那裡，砍下她的首級——這樣就結束了。」

奧利佛說完後，對自己感到十分憤怒。這根本稱不上計策，只是四人一起抱著必死的決心攻擊。而且自己還只能支援，絕大部分都要仰仗奈奈緒騎掃帚的實力。

「原來如此——在下明白了。」

然而，少女本人沒有拒絕。既然是奧利佛的提案，就一定能成功，她對此深信不疑。所以少年才會願意將自己的一切都賭在這份過於耿直的高潔上。

「就這麼決定了——由我先上！」

作為提案者，奧利佛率先飛上天空擔任誘餌。雪拉和史黛西也立刻跨上掃帚緊跟在後。被奧菲莉亞的動搖影響的合成獸們接連產生反應，能夠攻擊空中的個體將敵意都集中在他們身上。

「合成獸有反應了！就是現在，奈奈緒！」

「喝啊啊啊啊啊！」

就在地上的合成獸朝三人伸出觸手時，留到最後的奈奈緒也跨上掃帚起飛。她劃出弧形的軌道確保高度，然後朝奧菲莉亞直線俯衝。

「唔啊……！」「史黛西！」

無數觸手襲向擔任誘餌的三人。幾秒鐘後，其中一根碰到史黛西的掃帚。少女在空中失去平衡，在雪拉的注視下毫無反抗之力地墜落。

「還沒！還不行……！」

奧利佛在空中躲避觸手的追擊，低聲說道——自己還不能墜落。至少要撐到奈奈緒打倒奧菲莉亞為止。

「——唔……？」

合成獸的攻勢比少年想像的還要凌厲。奧利佛才剛在空中轉一圈躲過三根觸手，帶有黏性的絲線就從背後纏住他的掃帚柄。在失去平衡並不斷晃動的視野角落，他看見一隻由蜘蛛型魔獸改造而成的合成獸正在吐絲。無論奧利佛再怎麼小心留意都無法躲開速度比觸手快且更難被發現的絲線。

「——呃啊……！」

在史黛西墜落的幾秒鐘後，少年也跟著墜落地面。與掃帚分開的身體在肉之大地上滾了幾圈，等他勉強採取防護姿勢順勢起身，就看見最後的誘餌雪拉也被蜘蛛絲拉下地面——然後，他換看向另一位少女。

「喝啊啊啊啊啊！」

奈奈緒筆直衝向奧菲莉亞，但沒被奧利佛等人引開的觸手全數襲向少女。儘管她以驚人的空中機動躲過那些攻擊，其他合成獸仍不允許她繼續前進。少女的前方出現一面蜘蛛網，殘酷地擋住了她的去路。

「——**烈火燃燒！**」

然而下一個瞬間，奈奈緒用火焰咒語在網上燒出一個洞。沒有只顧著依賴劍術，在奧利佛的陪同下反覆練習的技術，在關鍵時刻開拓出一條活路。

「覺悟吧——！」

突破蜘蛛網後，地上的奧菲莉亞和奈奈緒之間已經沒有任何障礙物。奧利佛看到忘了呼吸，少女透過掃帚加速的刀刃逼近敵人的脖子——

但致命的是，奈奈緒與哭得像個孩子般的魔女對上了視線。

「——唔——」

本來應該直接揮出的刀在前一刻停住。原本能夠分出勝負的一擊只稍微擦過魔女的脖子，空虛地劃破空氣。

「——奈奈緒！」

大概是從一開始就沒考慮著地的事，少女直線墜落到地上。之前碰巧墜落在附近的奧利佛激動地衝了過去——不出所料，奈奈緒就橫躺在那裡。

「……對不起，奧利佛……」

即使連起身都沒辦法，奈奈緒仍以堅定的語氣道歉。奧利佛忘我地衝到她身邊——不用仔細檢查，也能看出她遍體鱗傷。包含手臂、腳和肋骨在內，她身上有許多地方都骨折了。到現在還沒昏倒簡直是奇蹟。

「……唔……」

奧利佛蹲在少女身邊，替她施展治癒咒語。儘管感覺得到周圍的合成獸正在靠近，他還是刻意忽視這點。少年早就沒剩下任何足以反抗的魔力或體力。更重要的是——他無法對眼前的少女置之不理。

「……為什麼，沒有砍下去……那明明是，最後的機會……」

奧利佛在治療的同時如此問道——原本應該能贏的。奈奈緒那一刀完全對準了奧菲莉亞的要害，只要能毫不猶豫地揮下去，一切就結束了。

「……她還，是個孩子……」

奈奈緒回想起剛才看見的景象，斷斷續續地回答——她原本以為自己面對的是可怕的敵人，以為與奧菲莉亞·薩爾瓦多利的戰鬥，是要打倒能夠毫不猶豫地踐踏人心的魔物。

所以她完全沒預料到自己會看見那宛如幼童般脆弱、虛幻——又毫無防備的哭泣臉龐。

「……在下，實在無法砍哭泣的孩子。」

「——唔……！」

奧利佛明白一切後，用力咬緊牙關。他什麼話都說不出口，只能默默陪在少女身邊……因為這個無法揮刀的理由，實在是太符合她的風格。

一切即將結束。勉強還能動的雪拉，拖著疼痛的身體跑向最早墜落的史黛西。她抱著因為全身受到的衝擊變得無法動彈的少女，勉強回到皮特和莉涅特所在的結界——雪拉將那裡當成自己最後的崗位，毅然舉起杖劍。

「……對不起，皮特。」

「……咦……？」

「沒辦法保護你到最後。」

雪拉開口謝罪。皮特在聽見這句話的瞬間，內心就湧出了某種感情。

「咦——喂，你這是——」

他不顧莉涅特的制止，衝到驚訝的縱捲髮少女身邊舉起杖劍。

「……不要……」

明知道這麼做也於事無補，但他還是忍不住想要一起戰鬥。

「……不要道歉啦。你們是來救我的吧……！」

魔女的內心已經亂成一團。

她的思考和感情都變得雜亂無章，只能在痛苦與悲傷中不斷掙扎，就連自己為何悲傷都搞不清楚——因為照理說根本就沒什麼好難過的。

自己做了該做的事情並抵達這裡。作為千年歷史的後裔，作為替長年的探求做出總結之人，她以最完美的形式完成了薩爾瓦多利的魔道。做出這麼偉大的成果，究竟還有什麼好不滿的。

「……啊……啊啊……」

在合成獸們逐漸縮小包圍的範圍裡，位於中心的少年像是為了保護同伴般，緊緊抱住遍體鱗傷的少女。魔女看著那幅景象，突然想到——自己最後一次被人緊緊抱住，究竟是什麼時候的事情。

「——看好了，我來教妳怎麼對付男人。」

說完後，母親開始指導少女。用魅惑剝奪男人的意志再與其交纏在一起的女人，這就是奧菲莉亞最熟悉的母親身影。

「呵呵呵……妳看，很簡單對吧？只要用肉體的歡愉當餌，每個男人都會變成同一副德行。」

女子每次擺動腰身，男子就會從口中吐出意義不明的呻吟。他們單方面地獲得快樂，但作為代價，必須在被無視個人意志的情況下榨取精子。她還記得就連自己幼小的心靈，都覺得那道身影十分可悲。

「不是抱他們，也不是被他們抱——是『吃掉他們』。我們是獵食者，男人只是飼料。性交這種事終究只是用來讓這些人貢獻優良血統的手段——」

既然母親這麼說，那應該就是這樣吧。她毫無疑問地接受了這點。不過——現在回想起來，那只有一半是正確答案。

「……母親……父親去哪裡了……？」

那是少女十四歲時的事。她前天才剛熬過長達三天的合成獸的難產，但當她踩著搖搖晃晃的腳步在家裡徘徊時，發現找不到父親的身影。她一詢問在客廳不停喝酒的母親，馬上就獲得了答案。

「我把他趕走了。既然已經獲得他的種，那他就沒用了。」

奧菲莉亞聽見這句話時既不感到驚訝，也不感到悲傷，只是靜靜接受了這個意料中的事實。她之前就有察覺父親想離開這個家，所以一直認為這天遲早會來臨。

「能離開這裡，似乎讓他鬆了口氣呢……雖然是個有點可取之處的傢伙，但終究是男人，跟不上薩爾瓦多利的探求。」

取得「種」之後，薩爾瓦多利探求的魔道就不需要男人。既然關鍵是在子宮，最後自然會是這種結果，但奧菲莉亞不這麼認為。因為這無法解釋那個人為什麼至今都待在這個家，以及母親為何一直把他留在身邊。

「……妳那是什麼表情，該不會是覺得寂寞吧？」

母親一察覺女兒充滿疑問的視線，就瞪了回去。明明這就像是對著鏡子詢問自己，但只有本人假裝沒有發現。

「放心吧，就算少了他一個人，外面的男人還是多得跟山一樣。沒錯——難得把礙事的傢伙趕走了，就久違地外出狩獵吧。」

女子選擇像這樣逃避。她拒絕承認，努力忽視持續存在於內心的感情。這都是為了維持自己才是奪取的一方，認定男人只是消耗品的自尊。

「就這麼辦吧——奧菲莉亞，妳也一起來。去讓那些無法抗拒情慾的男人露出醜態，然後嘲笑他們吧！這樣心情就會變暢快！嗯，一定是這樣沒錯——！」

母親焦躁的聲音，讓奧菲莉亞總算確信一件事——啊啊，原來如此，被捨棄的人其實是我們。

「……啊……啊啊…………」

她知道。她早就知道了。作為讓魔道持續進步的柴火，男人和女人在本質上沒什麼不同。那個家打從一開始就沒有人類。

不過──既然如此，為什麼要一直用這種不完全的形式扮演人類呢？為什麼要像人類那樣擁有丈夫、經營家庭、生下小孩──還替那個女兒取了奧菲莉亞這個「人類的名字」。

「……啊啊啊，啊啊啊啊啊啊……」

要是沒有名字就好了，會思考的心是多餘的，如果只是作為一個子宮誕生，就不用感受這種苦楚，不用體驗戀愛的可怕，以及戀情破滅的痛苦。

這樣一定到最後都不會發現這點，也不會察覺自己是孤身一人。

──**寂寞的孩子　在哪兒呢？**

「──────？」

在懷抱著即將破碎的心，持續為內心的苦悶吶喊的地獄中。

突然傳來懷念的歌聲。

——愛哭的孩子　在哪兒呢？

少女一開始以為是從腦中浮現的記憶，但並非如此。聲音不是來自腦中，而是確實傳進耳裡。

——不要躲藏快快出來　一個人無法止住淚水

溫柔的聲音溶解了界線——原本與少女緊密連結的世界出現破綻。

「……咦……？」

奧利佛首先察覺異狀。一道清淨的光芒射進他附近的空間，然後逐漸擴展開來。那是一條連結封閉世界的內側與外界的「通道」。

「——趕上了……」

兩個人影沿著那條路現身。一個是身材結實又高大的艾爾文．戈弗雷。另一個——則是奧利佛等人也很熟悉，擁有中性外表的苗條青年。

「——卡洛斯……？」

認出兒時玩伴的身影後，奧菲莉亞茫然地呼喚對方的名字。卡洛斯正面回望少女，露出溫柔的笑容。

「抱歉，我來晚了——莉亞，我來接妳了。」

「……別、別過來！」

卡洛斯走向少女。相較於如波浪般不斷後退的合成獸，與地面一體化的奧菲莉亞腳邊生出許多觸手，一齊襲向青年。觸手粉碎肩膀的骨頭，刨去側腹的血肉，強烈的衝擊，讓苗條的身體踉蹌了一下。

「卡洛斯學長……！」

看不下去的奧利佛拿起杖劍起身，但戈弗雷高大的身軀阻擋在他面前。他靜靜搖頭，阻止困惑的少年。

「不用擔心……放心交給他吧。」

這道蘊含著信賴與覺悟的聲音，讓奧利佛把所有的話都吞了回去。不過這段期間——卡洛斯仍毫不抵抗地任由觸手攻擊，彷彿這一切都是他的責任。

「莉亞，妳還真是性急呢——即使不用這麼著急，我也會把一切都給妳。」

卡洛斯以極為溫柔的聲音說完後，將食指抵在自己的喉嚨。原本環繞他脖子一圈的刺青——瞬間像解開的緞帶般消失。奧利佛直覺地認定那是「封印」。

一群人緊張地在一旁觀望，傳入他們耳中的歌聲也變得愈來愈響亮。

——看吧　果然在這裡　獨自哭泣的小傻瓜

——再繼續哭下去　會被淚水之海淹沒

青年以簡單的英語編寫出令人懷念的歌詞。每當歌聲從他的口中流洩而出，包圍他們的世界就會跟著晃動。彷彿溫柔地解開繩結般，世界的裂縫一點一點地持續增加。

——不過已經沒事了　因為我來了

——孤獨的時間結束了　我會用魔法讓它結束

「……這是……」

這並非咒語。奧利佛知道這個聲音本身就蘊含力量，是魔聲的一種，但光是這樣還無法說明。卡洛斯的聲音明顯抵消了奧菲莉亞展開的世界。青年清澈的歌聲響徹周圍，那「對薩爾瓦多利的魔法來說是完全的對抗屬性」。

「——該不會——」

在感受到「神聖性」的瞬間，少年心中的所有線索都連在一起了。

奧利佛回想起過去曾和皮特一起參加的聚會。卡洛斯曾說那是「與性別有關的特殊體質的學生聚會」。既然如此，卡洛斯作為聚會的中心人物，當然也有類似這個定義的體質。

如果這個歌聲——這個從變聲前就一直保留到現在的高音，就是那個體質呢。利用「某種方法」，讓每個人在年幼時都曾短暫擁有，但會隨著成長失去的純真音質保留下來——再經過漫長的時光與訓練，昇華成一個魔法屬性。

閹人歌手（castrato）。只有在童年時期就除去男性機能才能成立的魔聲。

那是神聖的無性歌聲。因此對世上所有利用「性」的魔法來說，都是對抗屬性——

「——午安，今天天氣真好。」

卡洛斯想起兩人首次見面的那一天。前往那陰暗又寒冷的家，在中庭第一次見到少女時的事。

「……你是誰？」

第一眼見到她，卡洛斯就有股內心被貫穿的感覺……大腹便便的年幼少女作為淫魔的後裔出生，注定要以其子宮完成魔道。因為會自然散發讓男性瘋狂的惹香，所以她無論愛人或被愛都無法隨心所欲。

「想從今天開始跟妳做朋友的人。」

卡洛斯．惠特羅之所以被派到少女身邊，是用來作為預防措施。無論她的魔法以何種形式失控，身為閹人歌手的他都能將其平息。因為他能確實殺掉這個在持續探求魔道後，終將墜入魔道的少女。基於和薩爾瓦多利家的盟約，少年的老家將這工作指派給他，這就是他身為魔法師的職責。

「下次要換替你生孩子嗎？」

這個令人訝異的問題，直接說明了少女至今是在何種環境中成長。對她來說，男人只是用來替自己的子宮注入精子的對象，她從來沒想過其他交流方式。

「不，我不具備那樣的能力。」

「……？什麼意思？」

所以少年誠實回答。少女一開始當然感到十分困惑——但他覺得這樣就好。無論是自己並非前來配種，或是人與人之間還有其他交流方式，都只要接下來慢慢傳達就行了。因為自己將一直陪在她身邊。

——啊啊……可是。

「這都無關緊要——比起這個，心情欠佳的公主大人，妳不想找人聊天嗎？」

如果能夠實現，少年想看她的笑容。少女只被賦予充當生命容器的責任，所以少年希望她能夠獲得作為一個人的幸福。他腦中只剩下這個念頭。

不同於家裡指派的任務，這是他當時萌生的願望。這個願望決定了卡洛斯・惠特羅的生存方式，也決定了他這條命的用法——

「對不起，奧菲莉亞……明明待在妳身邊，卻什麼都無法為妳做。」

在即將崩毀的子宮內側，響起戈弗雷的聲音。他的表情充滿自責和悔恨——但下一個瞬間，他勉強擠出笑容。這將是最後一次面對好友，所以他不想表現出陰沉的後悔，只想傳達所有的感謝。

「再見了，卡洛斯……我的好友。」

就連奧利佛也聽得出來戈弗雷努力不讓聲音顯得沙啞，但最後還是失敗了。他無法不讓語氣顫抖，也藏不住眼角的眼淚。

正因為比誰都明白他不是那種能夠掩飾自己的男人——卡洛斯在最後對他露出一抹無比爽朗的笑容。

「嗯。再見了——艾爾。」

與獨一無二的好友道別完後，卡洛斯重新走向少女。他毫不猶豫地前往決定要陪伴到最後一刻的對象身邊。

——穿過那扇門進來吧　我就是妳的歸宿

——在暖爐前打盹吧　直到哭腫的眼睛恢復

喉嚨感到刺痛，肋骨開始龜裂，從內臟擴散開來的灼熱感傳遍全身。卡洛斯的身體隨著歌聲從內部開始崩解。解除封印以後全力唱出的魔聲早已超出歌手的極限。如果繼續唱下去，身體絕對會崩壞。

但是卡洛斯毫不在意。因為自己的歌、血肉，還有心意——全都是為了眼前這個顫抖的少女而存在。

「別過來……別過來啊啊啊！」

慘叫與觸手一同來襲，然後刨去血肉、粉碎骨頭，無數次打擊那副苗條的身軀。不過——青年還是沒有停下腳步。然而觸手像是拒絕殺害他般使不出力，是因為青年的歌聲——還是因為他是卡洛斯．惠特羅呢？

——**我的心會包容妳　所以　別再哭泣**

這是歌曲的最後一節。在唱完這首歌的同時——青年已經將奧菲莉亞抱在懷裡。

「……對不起。明明跟妳約好了，卻沒能讓妳展露笑容。」

他對著少女的耳朵低喃。失去力量的觸手橫陳在兩人周圍，少女哭泣的振動，透過手臂傳達給青年。

「……你是笨蛋嗎……那明明是你在自說自話……」

少女以顫抖的聲音責罵青年，卡洛斯用手掌輕輕撫摸少女的頭。

「我愛妳，莉亞──無論過去，還是未來，我都會永遠愛妳。」

青年成功傳達了，從兩人相遇的瞬間開始，直到臨終之前都沒有動搖過的心意。這是他能夠給予少女的唯一，同時也最大的禮物。

「……我最討厭你了……」

奧菲莉亞沒有開心地接受……但也沒有推開。她無奈地拿在手上仔細端詳了一下，最後將其抱在懷裡。就像叛逆期的女兒收下父母送的禮物一樣。

「……別再離開我了。」

說出這個願望後，她總算回應卡洛斯的擁抱。青年靜靜點頭，將奧菲莉亞抱得比之前更緊──然後以魔聲再次高歌。

封閉的世界被歌聲解除並逐漸崩壞。合成獸們沒有抵抗，安詳地回歸塵土。這是一個溫柔的結局。一名少女漫長的苦難，從出生的瞬間就開始的孤獨，在此時迎來終結。

回過神時──奧利佛等人已經茫然地癱坐在恢復原狀的沼澤地中。

「──沒事吧，諾爾！」「諾爾……！」

即使看見大哥和大姊跑向這裡的身影，他還是發不出任何聲音。

「…………」

少年茫然地看向地面，那裡只剩下一座美麗的白色沙堆。那裡正是奧菲莉亞與卡洛斯剛才互相擁抱的場所。

他們出生在這個世界，締結羈絆。那個沙堆就是其象徵——同時也是最後的證據。

〈完〉

後記

大家好，我是宇野朴人……各位有看到最後嗎？

這種結局在金伯利並不算稀奇，甚至可以說是一種典型。因此——這次目睹的結局，或許在不遠的未來就會發生在目前還是一年級的六人身上。

他們在這場冒險裡有所收穫，也有所失去，而這些東西也隱約暗示了他們未來將獲得什麼和失去什麼。至於要選擇接受還是拒絕，就要看本人的意思了。唯一能確定的是——只要繼續走在魔道上，誰都不能毫髮無傷。

他們的第一年就此閉幕。穿插短暫的休息後，二年級篇也即將開幕。

到時候應該會有新的邂逅，也將面對未知的威脅。他們會活用這一年的經驗，與這一切對抗。在這些忙碌的日子裡——「他」終於要再次戴上面具行動了。

接下來還會踏入更深的地方……請您也小心別被黑暗吞噬。

涼宮春日的直覺

Kadokawa Fantastic Novels

作者：谷川流　插畫：いとうのいぢ

睽違9年半的涼宮系列最新刊！
輕小說界最強女主角涼宮春日重磅回歸！

都升二年級了，涼宮春日也一樣異想天開。一下帶領SOS團想走遍全市神社作新年參拜，一下想調查根本不存在的北高七大不可思議，此外，鶴屋學姊還從國外寄來了一封神祕信件，向SOS團下戰帖？天下無雙的超人氣系列作第12集震撼登場！

NT$280/HK$93

國家圖書館出版品預行編目資料

七魔劍支配天下/宇野朴人作；李文軒譯. -- 初版. --
臺北市：臺灣角川股份有限公司, 2021.05-
冊；　公分. -- (Kadokawa fantastic novels)
譯自：七つの魔剣が支配する
ISBN 978-986-524-415-6(第3冊：平裝). --
ISBN 978-986-524-416-3(第4冊：平裝)

861.57　　110003666

Kadokawa
Fantastic
Novels

七魔劍支配天下 3

（原著名：七つの魔剣が支配する 3）

2021年5月24日　初版第1刷發行
2023年6月30日　初版第2刷發行

作者：宇野朴人
插畫：ミユキルリア
譯者：李文軒

發行人：岩崎剛人
總編輯：蔡佩芬
編輯：黎夢萍
美術設計：黃永漢
印務：李明修（主任）、張加恩（主任）、張凱棋

發行所：台灣角川股份有限公司
地址：104台北市中山區松江路223號3樓
電話：（02）2515-3000
傳真：（02）2515-0033
網址：www.kadokawa.com.tw
劃撥帳戶：台灣角川股份有限公司
劃撥帳號：19487412
法律顧問：有澤法律事務所
製版：巨茂科技印刷有限公司
ISBN：978-986-524-415-6